Bombay, 1764. Indien stand nicht auf dem Reiseplan und Elephanta, diese struppige Insel voller Schlangen und Ziegen und Höhlen mit den seltsamen Figuren an den Wänden, schon gar nicht. Doch der Forschungsreisende Carsten Niebuhr aus dem Bremischen ist hier gestrandet, obwohl er doch in Arabien sein sollte. Ebenso Meister Musa, persischer Astrolabienbauer aus Jaipur, obwohl er doch in Mekka sein wollte. Man spricht leidlich Arabisch miteinander, genug, um die paar Tage bis zu ihrer Rettung gemeinsam herumzubringen. Um sich öst-westlich misszuverstehen und freundlich über Sternbilder zu streiten (denn wo der eine eine Frau erkennt, sieht der andere lediglich deren bemalte Hand). Es könnte übrigens alles auch ein Fiebertraum gewesen sein. Doch das steht in den Sternen.

Christine Wunnicke, geboren 1966, lebt in München. Sie schreibt Hörspiele, biografische Literatur und Romane. Für den Roman »Serenity« bekam sie 2008 den Tukan-Preis. Zuletzt wurde sie mit dem Münchner Literaturpreis für ihr Gesamtwerk ausgezeichnet (2020). Ihr neuer Roman »Die Dame mit der bemalten Hand« (Herbst 2020) wurde mit dem Wilhelm Raabe-Literaturpreis gewürdigt und stand auf der Shortlist für den Deutschen Buchpreis.

Christine
Wunnicke

Die Dame mit der bemalten Hand

Roman

btb

Sollte diese Publikation Links auf Webseiten Dritter enthalten,
so übernehmen wir für deren Inhalte keine Haftung,
da wir uns diese nicht zu eigen machen, sondern lediglich auf
deren Stand zum Zeitpunkt der Erstveröffentlichung verweisen.

MIX
Papier aus verantwortungsvollen Quellen
FSC® C014496

Penguin Random House Verlagsgruppe FSC® N001967

1. Auflage
Genehmigte Taschenbuchausgabe April 2022
btb Literaturverlag in der Penguin Random House Verlagsgruppe GmbH,
Neumarkter Straße 28, 81673 München
Lizenzausgabe mit Genehmigung des Berenberg Verlags, Berlin

Umschlaggestaltung: semper smile, München,
nach einem Entwurf von Antje Haack
Covermotiv: William Daniell/British Library/AKG,
Science Photo Library/AKG
Druck und Einband: GGP Media GmbH, Pößneck
cb · Herstellung: sc
Printed in Germany
ISBN 978-3-442-77130-1

www.btb-verlag.de
www.facebook.com/btbverlag

I

Panvel – Manbai, A. H. 1177 / A. D. 1764

Musa al-Lahuri musste das Echtheitszertifikat seines Astrolabiums in drei Ausfertigungen unterzeichnen. Drei große, schöne Schriftstücke hatte der Kunde erstellen und feierlich ausbreiten lassen, auf einem Tisch unter einem Baldachin in seinem Garten, der ihm, wie alle seine Reichtümer, sehr am Herzen zu liegen schien. Nun hielt er Meister Musa unter mancherlei Reden das Schreibrohr hin. Der Astronom unterdrückte ein Seufzen und zeichnete dreimal mit vollem Namen, Ustad Musa ibn Zayn ad-Din Qasim ibn Qasim ibn Lutfullah al-Munaggim al-Lahuri.

Das Haus des Kunden lag an der alten Handelsroute, in einer freudlosen Gegend zwischen Panvel-Markt und Panvel-Hafen. Große Magazine gehörten dazu und eine portugiesische Kirche, die er zugekauft hatte und worin er nun ebenfalls Waren lagerte, Indigo, Opium, Leinwand, Meister Musa hatte es alles erfahren und längst wieder vergessen. Um das Astrolabium zu bringen, war er gestern eigens von Manbai herübergekommen, wo er logierte, und hatte schon eine Nacht hier verbracht. Stundenlang, bei immerhin gutem Essen, hatte der Kunde, der ebenfalls Perser war, mit seinem Haus, seinem Leben, seinem Geschick, seiner Güte, seinen Kindern und seinen Waren geprahlt und deren Marktwert detailliert. Dann hatte er um den Preis des Astrolabiums zu feilschen begonnen, obwohl der Verkauf schon brieflich fixiert war und es längst nichts mehr zu feilschen gab. Dabei hatte er Meister Musa erst kreuz und quer durchs Haus geführt, um dessen Schönheiten vorzuzeigen, und schließlich dauernd durch diesen Garten, der hoch ummauert und etwas verfehlt in der hässlichen Gegend stand. An einem gekachelten Bächlein hatte er ihn entlanggeführt, zwischen Rosen und duftendem Eibisch, unter Vogelkäfigen auf schlank kannelierten Säulen immer im Kreis herum. Die Wege waren nass. Auch der Baldachin war nass und Dampf hatte sich darunter entwickelt. Dass es außerhalb der Saison geregnet hatte – ›gegen die Astronomie‹, wie er wichtig erklärte, Meister Musa zum Tort –, schien den Kunden so zu verwirren, dass er keine Konsequenzen daraus zu ziehen vermochte und störrisch im Nassen verweilte.

Geschrei und Gehämmer drang von den Magazinen herüber. Vielleicht bekam die Kirche ein neues Dach. Meister Musa blickte hinauf in die blaue Wölbung des Baldachins und in den Dampf, der den Kopf des Kunden umschwebte. Viele Gewänder trug dieser Kunde, eines über dem anderen, eine Jadespange im Turban, in den Ohren Rubine, und strahlte viel Frohsinn aus. Mit einer Verneigung gab ihm Musa das Schreibrohr zurück.

Das Echtheitszertifikat war ein sinnloses Dokument. Einen Papierwisch konnte man jederzeit austauschen. Musa signierte seine Instrumente grundsätzlich im Messing. Aus allem, was gut und teuer war, aus Ebenholz, Silber und Elfenbein und ein wenig chinesischem Lack, hatte der Kunde einen Ständer für das Astrolabium anfertigen lassen, der ebenso sinnlos war wie das Zertifikat. Es war ein kleines Scheibenastrolab, das in eine Hand passte, und wenn es auf einem Ständer aufgebockt stand, konnte man es nicht benutzen. Doch der Kunde würde es ohnehin nicht benutzen. Der Kunde verstand nichts vom Himmel und nichts von der Mathematik. Dieser mühsame Kunde, dachte Musa, konnte bestenfalls den Mond von der Sonne und die Nacht vom Tag unterscheiden und vielleicht selbst das nicht immer. Er sammelte Astrolabien, um damit anzugeben. Mit einem Original von Musa al-Lahuri konnte man hervorragend angeben, selbst wenn es nur dumm auf einem Ständer stand. Seine Astrolabien waren begehrt. Ein einziger Verkauf finanzierte einen schönen Teil seiner Reise, von Jaipur bis Manbai und übers Meer und in die heiligen Städte.

Stundenlang hatte der Kunde das Astrolabium von einem Diener hinter sich hertragen lassen, der es mit einem Tüchlein auf dem Ständer festhielt; durchs Haus, durch den Garten und schließlich unter den feuchten Baldachin. Nun war es endlich das Seine und stand auf seinem Tisch. Er sprach ein Dichterwort, *das Himmelszelt zu einem zarten Bild geronnen*, et cetera. Wie oft hatte al-Lahuri das schon gehört. Er verneigte sich wieder.

Neue Diener erschienen. Sie brachten nicht etwa das Geld, sondern Früchte in großen Schalen und in englischen Gläschen englischen Magenlikör. Der Kunde redete klug über Engländer, mit denen er wohl Handel trieb, setzte viele Höflichkeiten hinzu und dann das Wort »Alhidade«. Das wiederholte er mehrfach, ohne dazugehörigen Satz. Er beugte sich sogar zu Meister Musa herüber und raunte beschwörend »Alhidade«, die Lippen fast an seinem Ohr.

»Jawohl«, sagte Musa. »Die ist hinten.«

Zum ersten Mal seit seiner Abreise verspürte er eine gewisse Sehnsucht nach Jaipur. Dort hätte niemand gewagt, dauernd ›Alhidade‹ zu ihm zu sagen, in einer solch törichten und unverbundenen Weise. Es war ein wenig, als ob man ›Sohle, Sohle‹ zu einem Schuhmacher sagte. Wahrscheinlich war ›Alhidade‹ das einzige Wort aus dem Bereich der Wissenschaften, das der Kunde kannte; deshalb wollte er diese Saat wohl unbedingt auswerfen und vielleicht ein ganzes Gespräch daraus ziehen. Er nahm dem Diener das Tüchlein weg, das dieser zum Anfassen des Astrolabiums benutzt hatte, fasste es selbst damit an, hielt es seinem Schöpfer vor die Nase und rief noch einmal: »Alhidade!«

Musa al-Lahuri verabscheute es, wenn man ihm Dinge vor die Nase hielt. Seit einer Weile konnte er nicht mehr scharf erkennen, was sich zu nahe vor seinen Augen befand. Er ging auf die fünfzig zu. Er wusste, dass Menschen in seinem Alter in der Nähe unscharf zu sehen begannen. Dies war nicht einmal eine Krankheit, die eines Arztes bedurfte, sondern nur eine kleine und ganz unpersönliche Strafe Gottes, die jeden traf und mit der jeder wohl oder übel seinen Frieden machte. Doch nicht jeder schmiedete die besten Astrolabien von Hindustan. Meister Musa nahm sich das Recht, gekränkt zu sein.

Er hielt das Instrument halbnah vor sein Gesicht, nicht so nahe, dass es völlig verschwamm, und nicht so weit weg, dass der Kunde hätte bemerken können, dass hier jemand mit langem Arm auf kleine Dinge guckte, wie es die Greise tun. Er betrachtete das Astrolab mit Wehmut. Es war schön gelungen und landete im Haus eines Tölpels. Musa drehte es um, legte den Zeigefinger auf die Idade und stellte sie so, dass sie das Schattenquadrat schnitt.

»Wollt Ihr etwa die Höhe der Sonne über dem Horizont bestimmen«, sagte er milde, »so bewegt Ihr die Idade, bis durch beide Absehen hindurch ein Sonnenstrahl auf Eure Hand fällt, und lest die Gradteilung ab. Nun dreht Ihr das Astrolab, sucht die Position der Sonne auf dem Tierkreis und stellt die Spinne dieserart, dass die Sonne auf dem Mukantara der gemessenen Höhe steht. Beachtet deren Teilung in je sechs Grad pro Kreis. Zur Nacht verfahrt Ihr ähnlich: Ihr sucht die Höhen zweier Sterne, wie sie die Spinne zeigt, und stellt sie auf die Höhen der Sterne, wie Eure

Augen sie sehen. Nun nehmt Ihr mit dem Zeiger an der Hajrah die Zeit. Dreht die Sonne auf der Spinne. Bringt sie in Deckung mit dem östlichen Horizont. Nun wisst Ihr, wann die Sonne aufgeht, die wahrhaftige Sonne des Himmels, und kennt die Länge des wahrhaftigen Tages. Was sich von selbst versteht.«

Schweigen hing über dem Pavillon. Ein Wassertropfen fiel aus dem indigoblauen Zenit auf den Tisch. Der Verwalter des Kunden erschien und brachte endlich das Geld. Meister Musa verspürte das Bedürfnis, sämtliche Anwendungen des Astrolabiums zu erläutern, selbst wenn es zehn Stunden dauerte. Er drehte es in der Hand, ließ den Zeiger über der Spinne kreisen und holte tief Luft. Der Kunde zog ein wenig den Kopf ein.

»So Gott will«, sagte Musa.

Mit seinem Diener ging er zum Fluss hinunter, der ebenfalls Panvel hieß, bestieg das Schiff, das dort auf ihn wartete, und machte sich auf den Rückweg nach Manbai.

Es war ein miserables kleines Schiff, nicht besser als das gestrige. Mit seinem schiefen, dreieckigen Segel sah es aus wie schon halb gekentert, und auch der Mann, dem es gehörte, und die Burschen, die diesem dienten, erweckten wenig Vertrauen. Der Panvel war verschlickt und versandet, die Ufer ausgeschwemmt, das Wasser braun. Während sich das Schiff durch allerlei Unrat kämpfte, jammerte der Schiffer in der Straßensprache von Manbai, wahrscheinlich über fehlenden Wind oder nach mehr Bezahlung. Vielleicht war es auch die Straßensprache von Panvel. Jeder Flecken von Hindustan hatte eine andere Sprache. Selbst Meister Musa konnte nicht alle lernen. »Ist rasche Landung erzielt, wird Belohnung des Schiffsherrn erfolgen«, skandierte er unwirsch auf Sanskrit. Der Schiffer warf ihm ehrfürchtige Blicke zu. Wahrscheinlich verstand er kein Wort und dachte, sein Fahrgast habe gebetet.

Meister Musa stellte sich in den Bug, möglichst weit weg vom Segel. Das Schiff quälte sich gen Meer. Im Treibgut hing ein Ziegenkadaver, an dem ein schwarzer Vogel fraß. Einen Moment lang dachte Musa, dass es waghalsig sei, mit all dem Geld des Kunden in der Welt herumzuflottieren. Gott sei Dank trug er Dolch und Säbel, und Malik, sein Diener, war ein kräftiger Bursche. Er musste sich plötzlich vorstellen, wie ihn der Besitzer des Schiffes hinterrücks überfiele, wie er ihn sofort und mit Freude erstäche und dieserart selbst zum Besitzer des Schiffes würde. Wie er die Leiche des Schurken über Bord würfe und fortan auf dessen kläglichem Kahn, unter falschem Namen und vielleicht als Inder verkleidet, Jahr um Jahr die sieben Inseln umschiffte und ein Piratenleben führte, fern von seiner Heimat, seiner Familie und seinem Beruf.

Seit sein Augenlicht zu ermatten begann – und zuweilen sah er sich schon blind um Hilfe keifen wie ein Greis, auf dessen baldigen Tod jeder hofft –, suchten ihn öfter Trugbilder heim. Im Observatorium des Fürsten von Jaipur berechnete und beobachtete er seit Jahrzehnten die Gestirne. Seit Jahrzehnten klafften Lücken zwischen Beobachtetem und Berechnetem, die nicht zu schließen waren, so viel man auch neu berechnen und beobachten mochte. Einst hatte er damit gehadert. Einst hatten ihm diese Lücken den Schlaf geraubt. Nun schlief er so lange, wie man ihn eben ließ, und kritzelte dazwischen die Tagestabellen für alle Gestirne, wie man sie eben sah. Und schmiedete Astrolabien fürs liebe Geld. Und so ging das Leben dahin. Man wurde immer dicker und müder. Es war kein Wunder, wenn das Gemüt nach Abwechslung schrie.

Al-Lahuri lächelte, nachsichtig mit sich selbst. Bald wäre er in Arabien. Dort fände er Sinn. In Arabien, so hieß es, sei all der Sinn zuhause, der Sinn des Himmels und der Erde, Gottes Sinn und der Menschensinn und der Sinn aller Dinge. Nicht zum ersten Mal sagte er im Kopf das Wort ›Sinn‹ her, auf Persisch, Arabisch, Griechisch, Lateinisch und in der Straßensprache von Jaipur, und dann dachte er ›Sinn‹ auf Sanskrit, alle zwanzig Wörter, die im Sanskrit vielleicht ›Sinn‹ bedeuteten, oder vielleicht auch ›Unsinn‹; Sanskrit war eine seltsame Sprache. Er rief nach seinem Diener, und dass dieser nicht wieder ins Segel fallen solle wie gestern, in seiner endlosen Tölpelei.

Er erinnerte sich an den Morgen in Jaipur, da er den Entschluss gefasst hatte, zu reisen. Wie ein Licht seinen Geist berührte, wie er Malik packte und rannte, den langen Basar hinunter mit fliegendem Mantel und durchs Sambhar-Tor in die Freiheit. So erinnerte er es gerne. Der Wahrheit entsprach es nicht. Monatelang hatte er mit dem Hof verhandelt, bis man ihm Urlaub gab. Ein halbes Jahr lang hatte er mit der Familie gestritten, mit seinen Frauen Zubayda und Gohar, mit seinen Söhnen und seinem Schwiegersohn, mit seiner älteren Tochter, die in Arabien nichts als den Tod sah, heulte und auf schreckliche Weise poetisch wurde, bis man ihn endlich gewähren ließ. Eine Woche lang hatte er Malik getröstet, der sich nach und nach in ein solches Grauen vor Arabien gesteigert hatte, dass er davon Durchfall bekam. Ein mehrtägiges Abschiedsfest war gefolgt, an dem jeder Perser von Jaipur teilnahm und Geschichten von Arabien erzählte, die er von anderen Persern gehört hatte. Schließlich hatten auch die Inder Wind von der Sache bekommen und verstanden, dass er über Manbai zu reisen gedachte. Sie hatten Briefe zu schreiben begonnen, die Meister Musa mitnehmen sollte, Familienbriefe, Geschäftsbriefe, Wissenschaftsbriefe, Briefe von Brahmane zu Brahmane. Seine jüngere Tochter Nayyirah, die sich alles erlauben konnte, hatte eine lange, befremdliche Liste arabischer Schätze erarbeitet, die er kaufen oder finden und ihr mitbringen sollte. Ein Sandsturm hatte die Abreise verhindert. Dann hatten die Brahmanen die Abreise verhindert, weil ihre Briefe nicht fertig waren. Gohar hatte sie zu verhindern versucht, weil ihr alles plötzlich zu teuer erschien. Der elende Portugiese, der seit Jahrzehnten im Observatorium vegetierte, hatte ebenfalls einen Brief verfasst, an einen Portugiesen, der einst in Arabien gewesen war und möglicherweise noch lebte. Weitere Sandstürme hatten die Abreise verhindert. Nayyirah trug Papier in ihr Geheimversteck, um eine zweite Liste zu beginnen. Zubayda und Gohar bereiteten ein zweites Abschiedsfest vor. Da war er aufgebrochen mit dem jammernden Malik und gereist und gereist, in vielen Karawanen, auf vielen verschiedenen Reittieren, von denen jedes auf seine Art unbequem war, unter großen Entbehrungen und Lästigkeiten, bis er eines Tages Manbai erreicht hatte. Hier galt es nun Zeit totzuschlagen und Geld zu verdienen. Das Schiff nach Dschidda lief erst in mehreren Wochen aus.

Malik begaffte das Meer. Schaute ihm Musa zu lange beim Staunen zu, begann er selbst zu staunen und all der Wirrwarr in Maliks Kopf sprang über. Das gefiel ihm nicht. Er zwang sich, an das mit Wimpeln besteckte Lustboot im Palastteich des Fürsten von Jaipur zu denken, das keinesfalls staunenswert war.

Es war fast windstill. Man kam kaum voran. Meister Musa bestimmte die Zeit, als ließe sich die Sache dadurch beschleunigen. Dafür nahm er das Astrolabium, das er an einer Kette um den Hals trug; ein altes Stück seines Vaters, das dem Vergleich mit seinen eigenen Werken nicht standhielt, das er indes immer noch gerne benutzte. Um die tote Zeit gut zu verwenden, hockte er sich hin und zerlegte es. Trug man es zu lange um den Hals, wurde es speckig und klemmte. Mit dem Daumennagel schraubte er das Pferd von der Nadel, nahm Zeiger und Spinne ab, löste alle Lauhat aus der Umm und die Umm von der Idade und begann mit dem Schnupftuch alles sorgsam zu putzen. Bald schrie er nach seinem Augenglas. Jede Lauha sah aus wie die andere. Es war würdelos und beschämend.

Malik brachte das Augenglas. Daheim in Jaipur lagen noch fünf weitere. Meister Musa hatte viel Aufhebens um die Anschaffung von Augengläsern gemacht. Alle waren unscharf und trübe. Eines verzerrte das Bild so sehr, dass Schrift abwechselnd wie ein Strich und wie ein Knäuel aussah, je nachdem, wie man es hielt. Drei hatten doppelte Linsen, davon war eines gestielt, das zweite auf die Nase zu kneifen, das dritte um die Ohren zu haken; drei waren schlichtweg Lupen, eine aus trübem Glas und zwei aus trübem Quarz. Auch jenes, das Malik in seinem Beutel bereithielt, hatte eine quarzene Linse, und leider war es das beste. Im fernen Kalkutta, so der Verkäufer in Jaipur, hatte ein frommer Mann es gefertigt. Das Messing von Fassung und Griff war überaus figürlich gestaltet. Der Elefantengott hielt die Linse im Rüssel und streckte sie dem Benutzer frech entgegen, als wollte er sagen, du Maulwurf, du brauchst mich. An seine fetten Flanken schmiegten sich noch zwei nackende Himmelsnymphen. Der ganze Griff war ein Gewirr von Leibern. Man konnte kaum die Hand um das wulstige Machwerk schließen. Musa al-Lahuri sichtete seufzend die Lauhat, ordnete sie in die Umm, schraubte das Instrument zusammen, hängte es sich wieder um den Hals und steckte das Augenglas angewidert zurück in Maliks Beutel.

Das Schiff dümpelte zwischen Panvel-Hafen und der Insel Gharapuri, die den Blick nach Manbai verdeckte. Der Schiffer lamentierte ein wenig, dann legte er sich in den spärlichen Schatten des Segels zum Schlafen. Seine Burschen schliefen schon längst.

»Großmächtiger Ruderschlag im präzisen Jetzt!«, schrie Meister Musa. Er versuchte seinem Sanskrit einen marathischen Tonfall zu geben, doch der Schiffer verstand ihn nicht. Musa trommelte mit den Fingern auf der Reling. Das Dümpeln des Schiffes schlug sich ihm auf den Magen. »Hör auf zu zappeln!«, schrie er Malik an. Malik begann vor Schreck zu zappeln.

Und plötzlich war es Musa zufrieden. Wem nützte die Eile, all die sinnlose Eile? Ein Leben lang, so schien es ihm, war er ständig gerannt, zeternd und zankend, von Kunde zu Kunde, von Geschäft zu Geschäft, zum alten Fürsten und zum jungen Fürsten, auf betriebsamen Wegen zwischen Mauerquadrant und Azimut-Yantra, während Mond und Sonne ungerührt durch den Tierkreis rückten, immer nur gerannt und gerannt.

Er legte den Kopf in den Nacken und blickte in den Himmel. Dann schaute er nach Gharapuri hinüber. Die Insel war borstig und grau, von Gestrüpp überwuchert, dazwischen ein paar Sauerdattel- und Mangobäume. Palmen, deren nutzloseste Sorte, streckten lange, triste Wurzeln ins Meer. Kein Haus, kein Mensch war zu sehen. Ein Affe kreischte, ein zwitscherndes, helles Kreischen, viel zu laut, viel zu lang, viel zu wichtig in der dunstigen Stille. Niemand rannte auf Gharapuri umher. Niemand, so schien es, hatte dort etwas zu schaffen. Leer und grau schwamm ein wenig Land im Meer zwischen Panvel und Manbai. In seiner neuen philosophischen Stimmung fand Musa das liebenswert.

Er wollte anlegen und warten, bis Wind kam, oder bis die Gezeiten wechselten. Er wollte den Strand mit freundlicher Ruhe betrachten, vielleicht ein paar Steine nach Affen werfen, er wollte Schatten suchen und essen, was in Maliks Essenskorb übrig war, und danach mit zufriedenem Magen auf dem Festland ein wenig schlafen. »Gott ist mit dem Geduldigen«, sagte Musa zu Malik, und auf Sanskrit zum Schiffer: »Die Scholle befahren mit geschwindem Gang«, was der Schiffer sofort verstand.

Das Boot hatte kaum Tiefgang. Einer der Burschen stakte mit einer Stange und sie glitten fast auf den Strand.

Das meiste im Essenskorb war verdorben. Meister Musa musste sich mit ein wenig Rettich in Essig begnügen. Auch das Bewerfen der Affen befriedigte nicht. Sie waren wendiger als die Affen von Jaipur. »Wind?«, fragte Musa den Schiffer. Der Schiffer zeigte auf die Sonne und dann, mit trauriger Miene, nach Westen. »Abend? Abend? Abend?«, fragte Musa in mehreren Sprachen. Seine Stimme wurde schon wieder lauter. Der Schiffer legte die Hände zusammen und verneigte sich. Malik starrte entgeistert die Affen an, als habe er noch nie Affen gesehen. Eine Ziege erschien. Sie blickte sich um und verschwand wieder im Gestrüpp. Malik gaffte ihr hinterher, als habe Gott soeben die Ziegen geschaffen, nur um ihn zu erstaunen. Er löste eine Muschelschale aus dem Sand, hob sie dicht an die Augen, roch daran und befingerte sie versonnen. Und da schrie schon wieder ein Affe. Und da kam schon wieder die Ziege mit ihrem blöden Ziegengesicht. Und Musas Geduld war am Ende.

Er steckte Wasser, Augenglas und den letzten Sirupkuchen ein, nahm seinen Stock und stand auf. Es musste hier etwas geben, das besser war als dieser Strand. Ein Haus mit Menschen darin. Einen Ziegenhirten zur Ziege. Eine portugiesische Kirche. Einen Piratenschatz. Zumindest eine Aussicht. Gharapuri wölbte sich wie ein Schildkrötenpanzer, in der Mitte leicht eingekerbt. Dort oben, wenn man hinaufstieg, wäre man wenigstens oben und könnte hinunterblicken. Man könnte über die Lagune blicken. Das wäre vielleicht unterhaltsam. Eine Art Weg teilte vom Strand her das graue Gestrüpp. Dorthin brach er auf mit schnellem Schritt, den entgeisterten Malik auf den Fersen. Er wollte ihn nicht auf den Fersen haben. »Bleib beim Schiff«, herrschte er ihn an, »pass auf, dass es nicht wegfährt!« Er duldete keine Widerrede. Und bald waren Maliks Gejammer und das Gekreisch der Affen in der Ferne verhallt.

Der Weg wurde schmäler und schmäler und zunehmend unsichtbar. Meister Musa wollte keinen besseren suchen. Er wollte bergauf durchs Dickicht. Mit seinem Stock, einem schön geschnitzten Handstock aus Birkenholz, schlug er ins Gestrüpp. Es wuchs nicht nur aus der Erde, es verflocht und verfilzte sich auch von Baum zu Baum. Er schimpfte vor sich hin. Für den Kundenbesuch in Panvel hatte er seine besten Stiefel angezogen und nun verdarb er sie sich. Das Gestrüpp krallte sich in seinen Mantel. Ein schlaffes Gewächs, das von einem Baum herabhing, wickelte sich ihm feucht um den Turban. Auch hier hatte es wohl geregnet, gegen die Astronomie. Etwas Kleines, Klebriges heftete sich an seine Hand. Dabei war es sehr still. Es war so still im Gestrüpp der Insel Gharapuri, dass er sich unwohl zu fühlen begann.

Musa al-Lahuri, der den größten Teil seines Lebens in Jaipur zugebracht hatte, einer ordentlichen und äußerst modernen Stadt, hörte auf zu schimpfen und trat etwas leiser auf. Er wusste nicht, was diese Wälder bewohnte. Menschen schienen es nicht zu sein. Vielleicht schlief nahebei ein Tiger. Der Gedanke ließ ihn nicht mehr los. Der Astronom aus Jaipur hatte keine Ahnung, was im Wildwuchs der Inseln vor Manbai möglicherweise alles schlief. Seinen Birkenholzstock trug er nun vorsichtig vor sich her. Die Langeweile machte Besorgnis Platz. Besorgnis verwandelte sich allmählich in Spannung. Er erinnerte sich an all die Geschichten, welche die Inder über Gestrüppe und Wälder erzählten. Sie gingen selten gut aus, zumindest nicht nach Musas Verständnis. Was die Inder unter Gutem und Schlechtem verstanden, war unpräzise und rätselhaft. Inder, die in den Wald gingen, um dort auf indische Art ihre Sünden zu büßen, verwandelten sich in Dämonen. Darauf kamen all ihre Götter hervor und verwandelten sich in Dämonen und Menschen. Sie verwandelten sich auch in sich gegenseitig, in schwindelerregender Weise. Niemand kehrte aus Wäldern und Gestrüppen zurück, wie er dort hineingegangen war, in den Geschichten der Inder.

Der Schweiß lief al-Lahuri in die Augen, über die Wangen und in den Bart. Bis vor kurzem hatte er den Schnauzbart der Jungen getragen. Jetzt trug er den Vollbart der Alten. Er ärgerte sich, dass er schwitzte, nur weil es ein wenig bergauf ging.

Hinter zwei Mangobäumen kam eine erbärmliche Hütte zum Vorschein. Dahinter duckten sich zwei, drei weitere Hütten. Sie waren mit dem Erdreich verwachsen, als hätte dieses sie ausgebrütet und sie seien erst halb geschlüpft. Keine Menschenseele war zu erblicken. Er hielt sich rechts, umrundete die verlassene oder schlafende Siedlung und stieg weiter den Berg hinauf.

Das Gestrüpp wurde dichter und dichter. Sehnsuchtsvoll dachte er an den langen Basar von Jaipur. Sechs Elefanten, so hatte der Fürst bei der Planung bestimmt, mussten nebeneinander darauf einhergehen können, ohne sich zu berühren. Auch hatte er rechte Winkel für alle Straßen verfügt und krumme Kurven verboten. Die ganze Welt, dachte al-Lahuri, sollte den Vorschriften des alten Fürsten von Jaipur gehorchen. Da fuhr er jäh zurück.

Der Kopf einer Ziege war plötzlich vor ihm aufgetaucht und glotzte ihn an. Er schien zwischen Blättern im Nichts zu hängen; erst allmählich kam die ganze Ziege zum Vorschein. Sie trat geradewegs aus dem Berg hervor. Eine zweite Ziege drängte ihr nach. Darunter rannte ein kleines Tier, zu schnell, um es bestimmen zu können, und schoss ins Gebüsch. Etwas flatterte, hoch oben, in spitzblättrigen Zweigen. Dann spuckte der Berg eine Schlange aus. Sie kringelte sich im Geäst, glitt zu Boden, richtete den Kopf auf und spreizte die Haube.

»Pest und Hundeaas!«, schrie Musa. Er hob den Stock und schlug zu und verfehlte und schlug ein zweites Mal zu und schlug in ein leeres Gestrüpp. Zweige brachen. Blätter flogen. Die Schlange war fort. Die Ziegen waren ebenfalls fort. Der Berg hatte alles wieder eingesaugt, was er zuvor ausgespien hatte. Vorsichtig näherte er sich dem schwarzen Loch, das halb verborgen hinter Blättern und Astwerk in der Flanke der Insel klaffte.

Es ging dort sehr tief hinein: ein Höhlengang, mit altem Gemäuer befestigt. Er war schwarz wie die Nacht, doch in der Ferne wurde es wieder hell. Etwas trabte und etwas knisterte und etwas quiekte und alles war voller Vogeldreck. Meister Musa steckte Kopf und Stock neugierig tief in den Stollen, doch seine Beine wollten nicht mit. Er klopfte mit dem Stock ans Gemäuer. Es klang hohl. Er lächelte über seine eigene Feigheit. Dann ging er hinein.

Der Gang war feucht und erdig. Er tastete mit dem Stock wie ein Blinder. Allerlei Gestrüpp wuchs auch hier, oder es war totes Gestrüpp, das Tiere hereingezerrt hatten. Knatternd flog etwas auf, ein Vogel, eine Fledermaus, dann war es wieder still wie das Grab. Es wurde kühler, wärmer, kühler. Die Helligkeit am Ende des Tunnels war fort. Etwas schnaufte. Musa drehte sich um. Auch hinter ihm war alles schwarz. Etwas kollerte. Vielleicht war Mauerwerk heruntergebrochen. Vielleicht hatte es beide Eingänge gleichzeitig versperrt. Die Stockspitze sank in etwas Weiches ein, dann klackte sie wieder auf Stein. Er strauchelte. Er versuchte zu rennen. Gestein, Gestrüpp, Ziegen, Vögel, Affen, Fledermäuse, Nasses, Weiches, Hartes, Borstiges, Glitschiges blockierte seinen Weg, und da war Licht, ein großer Luftzug kam ihm entgegen, er stolperte über eine Schwelle und war befreit.

Er stand in den Trümmern einer Halle, von massigen Säulen getragen, voller Schutt und Geröll, mitten im Berg und offen nach allen Seiten. Wohl dreißig Elefanten hätten Schulter an Schulter hier hereingepasst und drei übereinander kaum die Decke berührt. Der Boden war uneben und eingesunken. Ein Windhauch ging, viel zu feucht für diese Saison. Gesträuch, grüner und fetter als draußen, breitete sich überall aus, Ziegen kauten daran und hinterließen ihren Dung. Einige Säulen fehlten ganz, andere waren zur Hälfte heruntergebrochen, die Decke hing durch und alles war voller indischer Götter. Zerhauen, zersplittert, einbeinig, dreiarmig, enthauptet, amputiert, prachtvoll bekrönt wuchsen sie riesenhaft aus den Wänden. Da spielten sie ihre Spiele, samt ihren Vasallen und Weibern. Eine Äffin mit einem Äffchen im Pelz baumelte einem am Armstumpf. Sein Gesicht war dahin. Vogeldreck sprenkelte die zerschlagene Fläche, wo es einmal gewesen war. Nachdem er zu Atem gekommen war, was eine Weile gedauert hatte, begann sich al-Lahuri zu fragen, ob nur der Zahn der Zeit an diesem unerwarteten Bauwerk genagt hatte. Es sah gar zu schrecklich aus. Vielleicht hatte hier jemand das Schießen geübt. Vielleicht hatten Portugiesen an den Götzen im Berg ihre Musketen erprobt oder eine kleine Kanone. Misstrauisch blickte er zur Decke hoch und von dort zu den fehlenden Säulen. Vielleicht hatten sie tragende Strukturen heruntergeschossen. Bei Portugiesen wusste man nie.

Er ging die Felswand entlang, wahrscheinlich gen Westen. Der Tunnel hatte seinen Richtungssinn verwirrt. In der Ferne, hinter vielen geborstenen Säulen, hinter Ziegen, Schutt und Knäulen schlafender Affen lag durch Stufen erhöht eine gesonderte Kammer, die vier kolossale Gestalten bewachten. Dahinter und auch dort, wo wohl Norden war, öffneten sich große Portale. Dort ging es ins Freie. Dort blickte man gewiss hinunter aufs Meer. Etwas glitt knisternd an Musas Stock vorbei, keine Schlange, vielleicht eine Ratte.

Linkerhand kam ein Kopf aus der Wand, so hoch wie zwei Elefanten. Zwei weitere Köpfe wuchsen aus seinen Schultern. Alle schliefen in seliger Ruhe und strahlten dabei eine Unruhe aus, die mit Worten kaum zu beschreiben war. Musa grinste.

Da regte sich etwas. Das war keine Ziege. Das war auch kein Affe. Er griff nach dem Säbel. Da hockte ein Mann auf dem Boden. Das war nicht gut. Kein guter Mann würde hier einsam hocken. Langsam schlich er von Säule zu Säule, schräg zu dem Hockenden, im Schatten der Kammer. Dort, bei einem der steinernen Wächter, dem er kaum bis zum Knie reichte, fand er Schutz. Hier konnte ihn der Mann nicht sehen. Er schlich die Stufen hinauf und hinein in die Kammer. Sie war leer. Ein Loch im Boden, der geborstene Rest eines Weihesteins, der elend darin lag, sonst nichts. Beim rückwärtigen Ausgang stellte er sich an die Wand und schob langsam den Kopf vor, bis er den Fremden beobachten konnte.

Es war ein Mann in arabischer Tracht, bärtig, recht jung. Er hantierte mit einem Stab, einem halbarmlangen, schlanken, metallenen Stab, der aus mehreren Teilen zusammengesetzt und auf der einen Seite dicker war als auf der anderen. Damit hockte er einem steinernen Wesen zu Füßen, das sich in hellem Zorn mit verdrehten Augen und gefletschten Zähnen klafterhoch aus der Wand schob. Neben dem Mann lagen Stifte und ein Schreibbrett mit Papier.

Das war kein Araber. Das sah man an seinem Bart. Der war fusselig, hellbraun und durch und durch europäisch. Da hockte ein Europäer im gottverlassenen Berg. Meister Musa ließ seinen Säbel los. Europäer machten ihm keine Angst. Der Mann hatte den Metallstab gehoben und führte die dünne Seite an sein rechtes Auge.

Ein Fernrohr. Musa verbiss sich das Lachen.

Viele Jahre war es her, dass er durch ein Fernrohr geblickt hatte. Es war viel größer gewesen als dieses. Er hatte nur kurz hindurchblicken dürfen. Der Fürst von Jaipur hatte es ihm aus der Hand gerissen, selbst hindurchgeblickt und es nie wieder hergegeben. Man sah lange nichts durch ein Fernrohr, erinnerte er sich, nur die eigenen Wimpern, und wenn man schließlich doch etwas sah, stand es auf dem Kopf. Dass man durch ein Fernrohr erkannte, dass beim Brhaspati-Graha vier Monde waren, wie der Fürst damals überall verkündet hatte, konnte er nicht glauben. Er hatte nie wieder durch ein Fernrohr geblickt und sich auch nicht danach gesehnt.

Da hockte ein Europäer auf Gharapuri und studierte durch ein europäisches Fernrohr die Eckzähne eines indischen Gottes. Dazu fiel Musa nichts ein. Er trat aus der Kammer und wünschte auf Portugiesisch einen guten Tag.

Der Mann ließ das Fernrohr sinken und blickte zu ihm hoch. Er wirkte verwundert, erschrocken nicht. Seine Augen glänzten und sein Gesicht war verschwitzt und fleckig und selbst für einen Europäer viel zu bleich. Seine Lippen waren aufgesprungen. »Wollt Ihr Wasser?«, fragte Musa auf Persisch.

Der Europäer verstand nicht. Er tastete nach seinem Schreibbrett und stand langsam auf. Da wurde er immer noch bleicher.

»Wo kommst du her, mein Sohn?«, fragte Musa auf Arabisch.

Das Gesicht des Europäers war bläulich weiß wie entrahmte Milch. Er zeigte hierhin und dorthin, auf den Wütenden in der

Wand, auf die schlafenden Köpfe, auf die Affen, die Ziegen, das Hauptportal. Dann keuchte er »ich, ich« auf Arabisch und dann, unter Qualen, »aus Mu-, aus Ma-, aus Makkah!« Er schwankte, verdrehte die Augen und fiel dem Mann aus Jaipur besinnungslos vor die Füße.

II

Göttingen, A. D. 1759

»Wenn ein Reisender«, rief Professor Michaelis, »den wir für teures Geld nach Arabien schicken, nicht von vornherein weiß, was er dort sehen soll, so wird er überhaupt nichts sehen oder nur läppischen Dreck!« Dabei schlug er die Hacken seiner Reitstiefel zusammen, in denen er stets am Katheder stand.

Michaelis' Vorlesungen waren teuer, aber immer sehr gut besucht. Zuweilen schlichen Studenten sich gratis hinein, doch ein hünenhafter Bedienter spürte Schmarotzer auf und warf sie hinaus. Wenn Michaelis mit diesem Bedienten erschien, fühlte man sich an David und Goliath erinnert. Manchmal ließ er den Riesen stundenlang neben sich stehen, als wolle er damit sagen, wage nur einer zu lachen. Der Gottesgelehrte Michaelis war ein kleiner Mann mit einer großen und gellenden Stimme. Selbst am Katheder legte er den Degen nicht ab. Seit die Franzosen in der Stadt waren, trug er, für jeden sichtbar, auch ein Pistol durch die Straßen.

Zuweilen spielte er die Bibel vor, wie ein Held des Theaters. Sein Haus in der Rittershäuser Straße war überfüllt, mit Kollegen, mit Studenten, mit seinen Kindern und seinen Büchern, doch noch immer drängten mehr Leute hinein. Letzthin hatte ein Kandidat der Jurisprudenz die Fassade erklommen, um vielleicht durchs Fenster einen Blick auf Michaelis zu erhaschen, wie er als Jakob mit dem Engel rang oder als Potiphars Weib mit Joseph; er war indes abgestürzt und hatte sich den Arm gebrochen.

»Der Gelehrte, ich, wir, hier, daheim in unseren Stuben«, fuhr Michaelis fort, »wir lesen aus unseren Büchern und Gedanken ab, was in den Ländern des Orients zu finden sein wird und wie es uns hilft, die heilige Schrift zu begreifen. Wir stellen nach richtigem Studium die richtigen Fragen. Wir lesen die Bibel und den Koran, sie mit dem rechten, ihn mit dem linken Auge, und stellen im Gehirn die Verbindung her. Es ist nämlich Hebräisch und Arabisch nur ein verschiedener Dialekt ein und derselben Sprache, nicht mal völlig so weit entfernt als Obersächsisch und Niedersächsisch, und ich leiere das her wie eine Repetieruhr, bis mir das Schlagwerk erlahmt, und Sie halten immer noch Maulaffen feil. Arabien ist unsere Wiege! Dort spielt sie, die heilige Schrift! Dort fügt sich der Sinn zusammen und Klarheit kehrt ein im Glaubensbegriff. Das Vorurteil ist immer verderblich. Wen Furcht anrührt, dass wir nach Mekka pilgern, um Provision für die Bibelkunde zu suchen – erst in spiritu wir, will ich sagen, und dann, in corpore, unsere Reisenden –, der möge sich in die propädeutische Klippschule scheren! Die Gottesgelehrsamkeit ist eine exakte Wissenschaft. Beklommenheit lähmt uns und Kinderfrömmigkeit fruchtet hier gar nichts, und auch nicht Ihr stupides Gesicht, Sie!«

Er stach mit der Reitgerte in Richtung der ersten Reihe. Zuhörer fuhren zurück. Er stach nicht nur in die Luft. Zuweilen schlug er auch zu.

»*Inna scharra ad-dawabbi ainda Allahi as-summu al-bukmu al-ladhina la yaqiluna,*« rief Michaelis, »*und siehe, die schlimmste Bestie vor Gott ist die taube und blöde, der alle Vernunft fehlt*, Sure acht, zweiundzwanzig!«

Er ließ die Gerte zweimal laut aufs Katheder klatschen, trank sein Glas Wein aus, lockerte die Halsbinde und fuhr fort:

»Der Reisende, den wir in den Orient schicken, ist unser Rennpferd. Der Springer auf unserem Schachbrett. Unser Werkzeug, unsere Angel, unsere Linse. Unser Fernrohr ist er! Ich will nicht sagen ›nur‹. Es ist ehrenvoll, das Fernrohr eines gut Denkenden, eines genau Studierenden, eines Göttinger Galileo zu sein. Nur hat es schön am Auge zu bleiben. Sie wollen, meine Herren, kein Teleskop, das eigenmächtig über den Himmel schwirrt und weiß Gott nicht was anstellt und alles verzettelt. Das ist kein fliegender Teppich! Das ist nicht das Märchenland! Zumal die Reise sich nicht nur im Raum zuträgt, sondern gleichsam auch in der Zeit. Wer sollte sich hier nicht verirren, wenn der Zügel fehlt, der ihn an Vernunft und Heimat und an die Bibliotheken und an meine Wenigkeit bindet? Die empirische Exegetik macht sich den glücklichen Umstand zu Nutze, dass die Morgenländer sich nicht mit derselben Eile und demselben Fleiß wie wir fortentwickelt haben, sondern sich gleichsam noch heute im biblischen Zustand, im Stande der Unschuld befinden. Dem Orient fehlt es an Hurtigkeit. Auch wurde er nicht von anderen Völkern unter das Joch gebracht und blieb also immer sich selber treu. Wer ins Morgenland fährt, legt nicht nur Meilen über Wasser und Land zurück. Er reist auch rückwärts durch die Millennia. Da landet er denn und klopft bei Moses und sagt, ›Abba Vater, erzähl mir deine Geschichten bitte noch einmal und mit ein wenig mehr Detail. Wie sahen die *Kinnim* aus, welche Ägypten plagten, wie es geschrieben steht in Exodus 8? Waren sie Mücken oder Schnaken oder eher doch Bremsen oder gar die argen Schlupfwespen, wie sie Hasselquist auf seiner Reise nach Palästina fand?‹«

Michaelis verstummte. Er blickte erwartungsvoll in den Saal. Niemand wagte zu lachen. Michaelis lachte selbst, ein kurzes, heftiges Lachen, trank, zerrte die Halsbinde vom Hals, warf sie auf den Koran und fuhr fort:

»Es handelt sich nicht nur um Mücken. Es handelt sich nicht nur um Naturalien. Es sind nicht nur Steine, Tiere, Pflanzen, Wetter, Gezeiten und Geographie, die wir in Arabien erforschen müssen, sondern zuvörderst das Menschenleben. Worauf sonst ist die Bibel errichtet? Wir wollen von den Sprachen hören! Auch von denen des gemeinen Volks! Von Sitten und Gebräuchen! Was man mit seinen Toten tut! Von den Weibern, wie viele man hat und wie sie behandelt werden! Es genügt nicht zu eruieren, welcher Linnäische Frosch und Heuschreck es nun im Einzelnen war, der das Land Ägypten plagte, wir wollen auch wissen, welchen Wert oder Unwert man ihm im Morgenland zumisst, heute und damals, was gänzlich dasselbe ist! Schlägt man ihn tot? Hat man ihn lieb? Ist er unrein? Verzehrt man ihn? Hält man ihn in Käfigen? Betet man ihn an? Gibt man ihn zum Brautgeschenk? Trägt man ihn, mumifiziert, als Schmuck um den Hals? Das, meine Herren, sind wichtige Fragen. Sie gehören zusammengetragen und niedergeschrieben und in die Hand dessen, der reist, und er hat sie täglich zu memorieren und seine Wege und seinen Blick danach auszurichten!«

»Und was«, rief einer, sehr leise, »was ist mit den Muselmanen?«

Es war ein Medizinstudent. Er war zum ersten Mal hier. Er plante nicht wiederzukommen. Er saß auch nicht in der ersten Reihe. Er konnte es wagen, Professor Michaelis etwas hineinzurufen.

»Was soll mit den Muselmanen sein?«, fragte Michaelis verwundert.

»Sie leben in dieser Gegend?«, bot der Medizinstudent an.

»Ja, Gott sei es gedankt!«, rief Michaelis. »Es wäre schlimm, wenn die Hottentotten dort wohnten oder die Menschenfresser oder etwa Sie mit Ihrem dünnen Stimmchen! Muselmanen sind vernünftige Leute. Gesunde Urteilskraft spricht aus ihrer Geschichte und viel Verstand aus ihrer falschen Religion. Sie sind unsere Zeugen! ›Abu Vater‹, sagen Sie zum Muselmanen, ›was hat Moses damals erlebt?‹«

Michaelis starrte in Richtung des Medizinstudenten, bis dieser »danke ergebenst« zirpte.

»Facta!«, schrie Michaelis. »Beglaubigte, historische Facta! Die sind nicht die Feinde der Pietät und nicht der Dogmatik und auch nicht der Revelation! Wir wollen nicht den ängstlichen Glauben, der wunderlich am Buchstaben klammert! Dagegen ziehen wir aus! Und nicht nur dauernd nach Palästina! Palästina ist zu Tode erforscht! Dort sitzt schon ein Christ unter jedem Kamel!«

Er sprach nun seit fast drei Stunden. Es war bald Mitternacht. Das Licht blakte, die Luft war schlecht. Nebenan in der Studierstube schnarchte einer, vielleicht der kolossale Diener. Irgendwo schrien ein, zwei Kinder der Familie Michaelis. Seit die Franzosen in der Stadt lagen, las Michaelis entweder spät nachts oder sehr früh am Morgen, da er sich sonst beobachtet fühlte. Er wiederholte: »Facta, Facta«, stöhnte, trank und ließ seinen Blick über die Menge schweifen.

»Da ist es ja!«, rief er. »Unser Fernrohr! Da hinten! Ich hatte es gar nicht gesehen! Kommen Sie doch einmal hervor, Herr Niebuhr! Was drücken Sie sich in die Ecke?«

Alle drehten die Köpfe. Ganz hinten, zum Treppenhaus zu, wo es längst keine Stühle mehr gab, stand ein Student und blickte zu Boden. Es war ein strammer Bursche in einem schlichten Rock und einer billigen Flachsperücke, der keinerlei Anstalten machte, hervorzukommen.

»Unser Mathematikus Niebuhr aus dem Bremischen«, schnurrte Michaelis. »Da steht er und schämt sich. Wofür brauchen wir die Mathesis, wenn wir die Realien und Verbalien der Bibel erforschen? Sie?« Wieder zielte er mit der Gerte in Richtung der ersten Reihe, und wieder wartete er keine Antwort ab.

»Was wollen Sie hier, Niebuhr?«, fragte er über zweihundert Köpfe hinweg. »Was hören Sie die Theologie? Wollen Sie Pfarrer werden? Haben Sie nichts Wichtigeres zu tun? Warum sind Sie nicht im Turm bei Mayer und üben mit dem Hadley-Oktanten?«

Eine ungemütliche Stille hatte sich ausgebreitet. Man kannte das schon. Man fragte sich, warum Carsten Niebuhr, einer der designierten Reisenden in die arabischen Länder, immer wieder in Michaelis' Vorlesung kam, wenn er doch wissen musste, dass Michaelis ihn nur schikanierte.

Niebuhr hatte sich wortlos verbeugt und strebte zum rückwärtigen Ausgang.

»Bleiben Sie hier!«, schrie Michaelis. Niebuhr hielt inne. Er blickte stur vor sich hin, mit jener hartgesottenen Kühle, die Leuten aus dem Norden oftmals das Leben erleichtert. Als ihn Professor Michaelis voriges Jahr gefragt hatte, ob er nach Arabien wollte, hatte Niebuhr entgegnet, »Jawohl. Wer zahlt?«, und sonst nichts, so wurde erzählt. Das gefiel den Studenten. Viele hätten Niebuhr gerne zum Freund gehabt. Aber man wurde nicht mit ihm warm.

»Schauen Sie sich ihn nur gut an, unseren Abenteurer«, sagte Michaelis. »Was braucht man noch, wenn man ins Morgenland will? Außer der Mathesis? Dem Oktanten? Der Kartographie?«

»Sprache?«, fragte leise der Medizinstudent.

»Jawohl. Doch das ist hoffnungslos. Ich unterweise ihn selbst im Arabischen. Das kann er nicht lernen. Das geht nicht in seinen bremischen Kopf. Hebräisch kann er auch nicht. Besser dressiert man einen Gaul zum Pudel, als Herrn Niebuhr eine komplexe Sprache zu lehren. Was braucht man sonst noch?«

Michaelis blickte in die Menge, dann zu Niebuhr, der wie eingewurzelt nahe bei der rückwärtigen Tür stand.

»Kraft! Animalische Kraft! Arabien ist heiß und gefährlich! Da schickt man keine verzärtelten Herrchen hin! Da schickt man den Niebuhr hin! Prosit auf unseren Niebuhr!« Michaelis leerte sein Glas. »Wir haben es einer glücklichen Fügung zu danken, dass uns ein Bauernjunge in den Schoß fiel. Der hat die Entbehrung mit der Muttermilch eingesogen, in Vaters Hütte auf der düsteren Heide. Der kann nicht nur Wurzeln ziehen, der kann auch Wurzeln essen, der Mathematikus Niebuhr aus Lüdingworth-Westerende. Hiob dreißig! *Die dürren Wüsten nagen sie ab, oder die zweimal verheerten Felder. Was an Stauden Geschmack hat, brechen sie gierig ab, und die Wurzeln des Pfriemenkrauts sind ihre Speise.* Das sind arabisch-hebräische Facta, die unser Herr Niebuhr von zuhause kennt!«

Ein Raunen durchlief die Reihen, wo die theologische Hälfte des Publikums saß. Professor Michaelis lächelte.

»Luther war ein braver Mann«, meinte er leutselig, »doch lang ist es her. Schätzen Sie sich glücklich, dass ich meine eigene Übersetzung der Schrift zitiere. Sie ist noch nicht publiziert. Doch zurück zu Stauden und Wurzeln. Was ist Hiob hier widerfahren? Worum handelt es sich bei dem Gewächs namens *rethem*? Ist es der Kalistrauch, die Tatarendistel, welche die Ärmsten gierig verspeisen? In Palästina ist sie überall, diese Distel. Wächst sie in Arabien auch? Im glücklichen Arabien? Im wüsten Arabien? In allen Arabiae auf Gottes schöner Erde? Bald können wir Niebuhr fragen, wie ihm die Wurzel bekommen ist. Doch was, beim Teufel, ist *rethem* genau? Der Prophet Elia schläft darunter, als der Engel ihn anrührt, und Hiobs Familie frisst es von unten ab. Was ist hebräisch *rethem*, arabisch *ratam*? Das ist das nämliche Wort! Wenn ich ›Pfriemenkraut‹ übersetze, ist dies nichts als ein Notbehelf.

Wie sieht sie aus, wie riecht sie, wie schmeckt sie, die Pflanze *rethem* gleich *ratam*? Wie Luthers *Wacholder* gewiss nicht. Das ist ein Kraut, das vermaledeite *rethem*, dem es auf der Wartburg zu kalt ist! Denken Sie mit, meine Herren! Betrachten Sie nichts als erwiesen, nur weil Doktor Luther es schrieb! Und was haben sich hier nicht die Exegeten zerquält. Die Sache haben sie mildern, Hiobs Leuten das Wurzelfressen ersparen wollen, und so lasen sie gegen alle Vernunft, dass man den Strauch nur verbrennt und nicht isst. Doch man verbrennt keine Sträucher, wo diese Geschichte spielt. Dort brennt man Mist! Getrocknete Fladen! Kamelschiss! Das ist Allgemeingut! Solches zu eruieren, bedarf's des Niebuhrs nicht!«

Über all dem *rethem* und *ratam* hatte Professor Michaelis den Studenten aus dem Bremischen fast vergessen gehabt. Jetzt suchte er ihn mit den Blicken. Doch Carsten Niebuhr war unbemerkt durch die Tür geglitten und längst aus dem Haus.

Die Nacht war sternenklar. Niebuhr ging zur langen Jüdengasse hinunter, rechterhand an St. Jacobi vorbei und die Weendergasse nach Süden. Weil er Tag und Nacht die Kartographie übte, sah er stets eine Windrose über allem schweben, als seien Welt und Weltplan das Gleiche. Von Südsüdwest kam ein Schwein gelaufen. Seit die Franzosen in der Stadt lagen, war es nachts so hell, dass alles in Unordnung geriet.

Niebuhr mochte Göttingen recht gern. Er mochte es lieber als Bremen und viel lieber als Hamburg. Es mischten sich in Göttingen auf angenehme Weise das Bäurische und die Vernunft. Manchmal, selten, da er kaum Zeit fand, sich zu vergnügen, spazierte Niebuhr im Grünen umher, etwa beim Wall vor dem Groner Tor, und grübelte über die Wissenschaft. Wie die Universität sie hervorbrachte. Wie die Stadt sie aufsog. Vielleicht weckten nicht die

Franzosen nachts die Tiere auf, dachte er übermüdet, sondern die ständigen Kollegia der Universität. Er schaute dem Schwein hinterher, das sich zum Jacobikirchhof trollte, und holte tief Luft in der kühlen Nacht, eine Erleichterung nach dem stickigen Hörsaal.

Nun war Michaelis wieder einmal überstanden. Was er nicht alles wusste. Carsten Niebuhr, der ein Talent dafür hatte, seinen Geist nur auf das zu konzentrieren, was für seine eigene Pflicht von Bedeutung war, sortierte *rethem* und *ratam* aus. Er war der Mathematikus der anstehenden Expedition. *Rethem* gleich *ratam* ging ihn nichts an. Die Pflanzen gingen den Physikus an, Herrn Forsskål aus Schweden. Sollte der sich die Pflanzen merken. Und der Philologus von Haven die Wörter dazu. Die Zeit drängte. In einem Jahr wäre man wohl schon auf See. »Geht hin und forscht und bringt mir Geschenke mit, ihr drei Weisen aus dem Abendland«, hatte Michaelis gesagt, in einem fast lieblichen Ton. Da hatte der Wein ausnahmsweise sein Gift verdünnt. Dafür bedurfte es einer beträchtlichen Menge.

»*Atakallamu, tatakallamu, tatakallamina, tatakallamani, yatakallamu, tatakallamu*«, murmelte Niebuhr vor sich hin. Das rollte nicht leicht von seiner Zunge. Doch er würde es lernen. Hier irrte Professor Michaelis. Carsten Niebuhr konnte durchaus Arabisch lernen, wenn er nur eine ordentliche Methode fand. Michaelis würde noch stolz auf ihn sein. Er überquerte den Kornmarkt. Dabei war er so sehr mit dem Arabischen beschäftigt, dass er den Fischabfall nicht sah, der sich um den Fischstein verbreitete, und fast darin ausgerutscht wäre. Wohl hatte man gestern Fischmarkt auf dem Kornmarkt gehalten.

In der Stinkenden Gasse beschleunigte er seinen Schritt. Sie stank nicht viel mehr als der Kornmarkt, doch wahrscheinlich stank sie moralisch. Franzosen, Studenten, schlechte Frauenzimmer, magere Hühner und ein äpfelnder Esel waren hier schlaflos zugange. Jemand hatte mitten auf der Straße ein Feuer angezündet und alles lärmte und schrie. »*Yatakallamuna, yatakallamna*«, sagte Niebuhr gewissenhaft her. Das hieß ›sie sprechen, sie sprechen‹. Der Araber unterschied genau, ob es nun Männer oder Frauen waren, die sprachen. Bei Männern hing ein *-muna* hinten am Verb und bei Weibern ein *-mna*. Auch ob zwei oder mehr Leute sprachen, konnte man der Grammatik entnehmen. Das hieß dann, je nachdem, *Dualis* oder *Pluralis*. Im Grunde kam die arabische Sprache dem mathematischen Denken entgegen. Der Araber war sehr exakt. Seine Frauen sprachen per *-mna*, doch ansprechen durfte sie keiner. Damit war in Arabien nicht zu spaßen. »Das muss man aber dem Niebuhr nicht einbläuen, unser Niebuhr spricht auch auf der bremischen Heide kein Weibsbild an«, hatte Michaelis, nicht nur einmal, gesagt. Damit hatte er recht. Carsten Niebuhr hatte eine gewisse Scheu vor Frauen und Mädchen. Sie anzusprechen, dachte er, könnte den Eindruck erwecken, man hätte genügend Geld, sie zu heiraten. Woher Professor Michaelis das allerdings wusste, war ihm ein Rätsel. Professor Michaelis wusste die erstaunlichsten Dinge.

Sprach man die Frauen oder Töchter eines Mohammedaners an, wurde man umgebracht. Sagte man ein Vaterunser, wurde man ebenfalls umgebracht. Ging man zu nahe an Mekka heran, wurde man umgebracht. Selbst wenn man im Stehen und nicht auf den Knien sein Wasser abschlug und sich dabei erwischen ließ, wurde man schleunigst umgebracht. Solches hörte Niebuhr ständig. ›Umbringen‹ war das Wort, das am öftesten fiel, wenn das Gespräch auf Mohammedanisches kam. Professor Michaelis sorgte sich allerdings wenig. »Pah, die bringen den Niebuhr nicht um«, hatte Michaelis gesagt, »die machen ihn lieber zum Mundschenk, mit seinen nordseeblauen Augen.« Darauf hatte er so lange schmutzig gelacht, bis auch der Letzte begriffen hatte, was Mohammedaner unter einem Mundschenk verstanden. Niebuhr ließ sich durch solche Reden nicht aus der Ruhe bringen. Man sollte schließlich keine Freundschaften im Morgenland schließen. Man sollte sich nicht ins arabische Leben verflechten. Man sollte nur observieren und messen und rechnen, die Koordinaten der heiligen Schrift abstecken und zusehen, dass man nicht etwa den Durchfall bekam. Der arabische Durchfall, so Michaelis, sei tödlicher als jeder Muselman. *Du aber wirst haben viel Krankheit, bis dass dein Eingeweide herausgehe.* 2. Chronik 21. Das sei der biblische Durchfall gewesen und sei der arabische Durchfall bis heute. Ein Arzt würde mitreisen und das eruieren und auch darauf achten, dass keinem der Forscher die Eingeweide herausgingen, nicht dem Physikus, nicht dem Philologus und auch nicht dem Mathematikus. Niebuhr stieg mit Umsicht über einen hinweg, der zusammengerollt im Schmutz schlief. Er sah seiner Reise mit Zuversicht und Spannung entgegen.

Vollends begriffen hatte er immer noch nicht, wozu die Gottesgelehrsamkeit die Mathesis brauchte. Das moderne Christentum nach Göttingischer Weise, so schien es, bediente sich eines Hadley-Oktanten und eines Newtonschen Tubus, um den Glauben in Ordnung zu bringen. Michaelis konnte dies gewiss erklären, doch für die großen Kollegia in seinem Haus waren solche Grundsatzfragen viel zu schlicht. Immer hoffte Niebuhr darauf, dass Michaelis den theologischen Urgrund der arabischen Reise und den Nutzen aller losgeschickten Personen bespräche, doch immer wurde er enttäuscht, immer gab es nur böse Worte, Heuschrecken, Pfriemenkraut und den Koran. Niebuhr hatte Gott um Rat und Lenkung gebeten, weil Michaelis weder riet noch lenkte, doch Rat und

Lenkung blieb überall aus. Mehr als ein wenig von dem, was Michaelis die Kinderfrömmigkeit schimpfte, fand Niebuhr in seinem Herzen nicht. So warf er sich denn auf Mathesis, Sternkunde und Kartographie. Gott Vater würde seine Hand über ihn halten. Und Michaelis wäre begeistert. Eines Tages, wenn sie sicher heimgekehrt wären, würde Professor Michaelis vollends begeistert sein, was sie im Morgenland alles gefunden hätten. Diesem Tag sah Niebuhr freudig entgegen.

Nun konnte er das Observatorium sehen. Man hatte es erst vor wenigen Jahren auf einen der südlichen Stadttürme gebaut, wie ein eigenes kleines Haus oder Kirchlein auf einem runden Podest, hoch oben über der Stadt. Fast jeden Tag ging das Gerücht, die Franzosen hätten es geschlossen, beschlagnahmt, gar ein Pulvermagazin dort hineinverlegt, doch das glaubte Niebuhr nicht. Schon zu oft war es erzählt worden, und jedes Mal saß Professor Mayer dann dort oben ganz unbehelligt und ging seiner Arbeit nach.

Auch den Krieg hatte Niebuhr aussortiert, genau wie *rethem* und *ratam*. Im glücklichen Arabien würde der Krieg nicht sein. Vielleicht in Ostindien. Dort war der Krieg ebenfalls hingedrungen, wie in der Frankfurter Zeitung zu lesen war. Doch nach Ostindien wollte man nicht. Dort hatte sich Biblisches nie ereignet. Dort waren keine Geschenke für Professor Michaelis zu holen.

»*Ansa, tansa, tansayna, yansa, tansa*«, murmelte Niebuhr. Ob das glückliche Arabien wirklich so glücklich war? Bald sähe man es mit eigenen Augen und wahrscheinlich interessierte es keinen, nicht Michaelis, nicht die dänische Krone, die dessen exegetische Expedition finanzierte, denn die Frage, wie glücklich Arabien war, fiel gewiss unter ›läppischer Dreck‹.

Professor Mayer hatte schon auf Niebuhr gewartet. Mit einem kleinen holländischen Schiffsfernrohr hatte er aus dem Nordfenster gespäht, wann sein Lieblingsstudent denn endlich erschiene. Er freute sich jede Nacht auf ihn, wie er von Norden daherkam, mit verschlossener Miene und schnellem, soldatischem Schritt, auf den Lippen arabische Wörter. Er lief die Treppe hinunter, um ihn zu begrüßen.

Mayer schrieb Mondtafeln. Darauf basierte sein Lebenswerk. Das dauernde Schreiben und Immerweiterschreiben von Mondtafeln, so nützlich es für Theorie und Praxis der Wissenschaft war, erschöpfte die Augen und war auch für die Seele nicht nahrhaft. Mayers Seele, die eine weiche war, zehrte noch immer vom Halleyschen Kometen. Dieser war vor wenigen Wochen durch das Perihel gegangen, genau wie es Halley vorhergesagt hatte. Der schöne Schwanzstern, dessen Nucleus, Dunstkreis und bläulich strahlender Schweif hatten Mayer so angerührt, dass er kaum etwas dazu hatte zu Papier bringen können. Er hatte seinen kleinen Sohn aus dem Bett gezerrt, ins Observatorium getragen, dort auf den Schoß genommen und seine Hände um den vierschuhigen Newtonschen Tubus gelegt, auf dass er den Kometen dadurch betrachten und sich dies für sein Leben merken konnte. Das vom Schlaf zerzauste Haar seines Sohnes vor Augen und ohne den Kometen selbst noch zu sehen, hatte Professor Mayer einige Tränen vergossen und sich nicht dafür geschämt. Danach hatte er die Chose trockenen Auges mit Passageninstrument und Mauerquadrant vermessen. Eine gewisse Empfindsamkeit, fand Mayer, sei jedem Astronomen gestattet. Schließlich blickte er nachtaus, nachtein von Amts wegen ins Ewig-Unendliche.

»Waren Sie schon wieder bei Michaelis?«, fragte Mayer und schüttelte Niebuhrs Hand. »Sie sind ganz verzweifelt. Warum tun Sie sich das an?«

»Verzweifelt?« Niebuhr blickte verdutzt an sich hinunter, als sei Verzweiflung etwas, das auf dem Rock klebt wie Schmutz. »Von Haven geht doch auch hin.«

»Von Haven ist das Hündchen vom Michaelis. Er sitzt beim Katheder und wedelt.« Professor Mayer warf Niebuhr einen langen Blick zu, in der Hoffnung, dass dieser lächeln oder sich empören möge. Doch Niebuhr lächelte nicht und empörte sich nicht. Er runzelte die Stirn, als versuche er sich den Philologus von Haven beim Wedeln vor einem Katheder vorzustellen, leibhaftig und nicht metaphorisch.

Mayer nahm Niebuhr mit nach oben. Er setzte ihn an den Tisch neben dem mittelgroßen Tubus und ließ ihn die heutigen Zahlen ins Reine schreiben. Das tat ihm gut, wusste Mayer. Niebuhr schrieb gerne Zahlen. Auch zeichnete er gerne etwas ab. Er war sich nie zu schade für Kopistendienste. Oft schien es Mayer, als kopierte er lieber, als dass er alles bedachte. Dabei dachte er gut. Er war gewitzt. Man musste ihn nur ermutigen. Er legte Niebuhr die Hand auf die Schulter. »Warum hasst er Sie so, Michaelis? Was haben Sie ihm getan?«

»Wenn ich das wüsste.« Niebuhr kopierte Fixsternparallelen. »Vielleicht ist er an meinem Arabisch verzweifelt. Ich bin an dem Luckmann verzweifelt.« Er richtete das mittelgroße Teleskop auf den Jupiter, der im Süden beim Antares stand. »Das brachte ihn wahrscheinlich auf.«

»Wer ist der Luckmann?«

»Ein alter Araber. Der Fabeln erzählt.« Niebuhr studierte durch den Tubus die Monde. »Er ist bibelalt, soweit ich verstanden haben. Er sagt in bibelaltem Arabisch, ›Esel schreien so hässlich‹ et cetera, irgendwo im Koran. An dem bin ich verzweifelt. Michaelis ritt auf dem Luckmann herum und dann verriss er den Muhammad wie ein Rezensent von der Zeitung. Dessen Schreibstil und Prosodie, und dass er klinge wie der Magister Lobesan mit seinen Knittelversen und zusammengekramten Phrasen. Darüber hat er ewig geschimpft. Ich dachte, das sei wohl kein gutes Gespräch, wenn ich in Arabien sagte, euer heiliges Buch ist voll der schönsten Vernunft, aber welch schlimme Dichtung. Das wollte ich mir nicht merken. Und wozu mir der Luckmann taugt, das wusste ich eben auch nicht. So redet doch keiner. Das hat doch keinen Nutzen. Da ging ich und lernte aus Büchern weiter.«

»Ich dachte, Michaelis erteilte Ihnen Privatlektionen?«

»Ja, gewiss.«

»Sie sagten zu Michaelis, ›ich sehe keinen Nutzen in Ihrem Privatunterricht, Herr Professor, ich lerne lieber aus Büchern‹?«

»Ich will doch seine Zeit nicht verschwenden.« Liebevoll skizzierte Niebuhr die Positionen von Europa und Kallisto. Die übrigen Monde waren bedeckt.

Mayer begann zu lachen. Niebuhr schaute ihn verwundert an. Mayer wollte dem jungen Niebuhr die Welt erklären, doch stattdessen erklärte er ihm, dass man so nah am Okular nicht reden soll, weil der Atemhauch sonst alles befeuchtet.

Als er wieder Zahlen schrieb, fragte ihn Professor Mayer noch einmal, warum er sich dauernd von Michaelis schikanieren ließ.

Niebuhr blickte auf. Er hatte die Perücke abgenommen. Seine Haare standen zu Berge und an der Stirn war noch der Abdruck, wo die Perücke gewesen war. Mayer fragte sich, wann er eigentlich schlief.

»Ich mag Michaelis«, sagte Niebuhr langsam. »Er weiß so viel. Ich begreife davon so wenig. Er weiß von allem etwas, und von allen Sprachen sehr viel. Er übersetzt die Bibel neu. Das macht er im Kopf, er schreit es zu seinem Famulus hin, der alles niederschreibt, und ist dabei nicht mal nüchtern. Er jongliert mit dem mosaischen Recht wie ein Winkeladvokat, so ganz ohne Scheu. Er hat einen freien Geist. Er blickt Gott frei an. Gott und die Welt. Er ist mit allem frech per Du, ohne Feierlichkeit. Ich verstehe ihn nicht. Ich bewundere ihn.«

Mayer lächelte. Er wollte Michaelis' freien Geist nicht besprechen. Er nahm Niebuhr die Ephemeriden weg und sie übten mit dem Hadley-Oktanten, was nachts kein Kinderspiel war.

Jahrs darauf verließ Carsten Niebuhr Göttingen, um sich mit dem Philologus von Haven, dem Physikus Forsskål, einem Zeichner, einem Arzt und einem schwedischen Diener von Kopenhagen nach Konstantinopel einzuschiffen. Ein vielhundertseitiges Schriftstück, das die Instruktionen und alle Fragen enthielt, welche Professor Michaelis an die Bibel und ans Morgenland stellte, lag in seinem Gepäck. Viele Gelehrte, aus vielen Ländern Europas, hatten brieflich etwas dazu beigesteuert.

Michaelis sagte ihm nicht Adieu. Professor Mayer schleppte mit seinem Famulus einen Quadranten herbei, den er mit eigener Hand graduiert hatte, zurrte ihn mit Stricken auf dem Kutschendach fest und wusste dann nichts zu sagen.

III

»Lasst Feuerbeschaffungseile walten, oh Hundesöhne!«, schrie Musa al-Lahuri. »Opfert ein Tuchgewirk blitzgeschwind, denn ich will es betauen!« Wie er dieses Sanskrit verabscheute. Er stellte Feuer, Wasser und einen nassen Lappen mit vielen mühsamen Gesten dar.

Es lebten doch Menschen auf der Insel Gharapuri. Er hatte so lange geschrien, bis sie überall zum Vorschein gekommen waren. Eine große Familie hatte er aus einer winzigen Hütte verscheucht und darin den Europäer einquartiert. Jetzt stand er im Mondschein davor und der Europäer lag drinnen und faselte in großer Angst vor sich hin.

Zunächst, als er aus der ersten Ohnmacht erwacht war, hatte er noch höflich mit Musa geredet. Er heiße Nibbur und mit Rufnamen Kurdistan und stamme aus Almanya. Musa hatte nicht weiter nachgeforscht. Der Bursche würde schon wissen, warum er so log. Kein Mensch hieß Nibbur und gewiss nicht in Almanya. Er hatte sich sehr entschuldigt, dass er besinnungslos niedergesunken sei »wie ein Weib gebrochenen Herzens, dem alles zu viel wird«. Wahrscheinlich hatte er sagen wollen »wie ein Schlappschwanz«. Sein Arabisch war reichhaltig, falsch und lustig. Man verstand jedes Wort.

Er war wohl noch in den Zwanzigern und sah aus wie ein Soldat. Meister Musa nannte ihn Kapitän. Das klang stramm und europäisch und er konnte ihn ja schlecht Nibbur rufen oder gar Kurdistan.

»Wo kommst du her?«, hatte er noch einmal gefragt, und der Kapitän hatte allerlei Ortsnamen ausgespuckt, Makkah und Murrah und Mukha, und ihn dabei trotzig und auch ein wenig argwöhnisch angeblickt. Dann hatte er gerufen, dass er Christ sei, was Musa nicht sehr verblüffte, und schließlich betont, dass er Makkah, die Mutter der Städte, nie betreten habe. Im vorletzten Jahr sei er ganz in der Nähe gewesen. Er habe aber Abstand gehalten, einen großzügigen Abstand, und zwar aus höflicher Rücksicht und nicht etwa aus Furcht; denn »Gottesfurcht ist nicht zu fürchten«. Diese Maxime hatte er sehr melodisch verkündet. Ma-Mu-Mukha indes, die letzte Station seiner Reise, bevor er zu Schiff nach Hindustan gekommen sei, liege im Lande Jemen, sei voller Kaffee und ein überaus glücklicher Ort.

Meister Musa hätte gerne mehr von den seltsamen Wegen dieses Burschen erfahren. Er reiste, so schien es, auf seiner eigenen Route, nur in der entgegengesetzten Richtung. »Und was willst du auf Gharapuri, um Gottes willen«, hatte er ihn gefragt und gehofft, dass er nicht würde erklären müssen, was er selbst hier wollte, doch dazu war es nicht mehr gekommen. Der Kapitän hatte an seinen Kopf gegriffen, war in die Knie gegangen, hatte »Vergib mir, Scheich, ich lasse viel zu wünschen übrig« gestammelt und so zu zittern begonnen, dass ihm die Zähne klapperten. Und seitdem war nichts mehr mit ihm anzufangen gewesen.

Jetzt lag er in einer der Elendshütten, die sich an die Flanke des Berges schmiegten, auf dem gestampften Boden und schüttelte sich seit Stunden im Fieber. Die verscheuchte Familie hatte ihre Matten und Decken mitgenommen und gab sie nicht mehr her.

»Bringt meinen Jungknecht herbei, der an den Gestaden irrt und des Name Malik ist!«, schrie Meister Musa. Auch das schrie er seit Stunden. Malik sollte kommen und statt seiner den Europäer bewachen. Doch niemand verstand ihn und von Malik fehlte jede Spur.

Eigentlich, fand Musa, ging ihn der Kranke nichts an. Doch gab es nicht so viele Europäer, als dass man sie einfach hätte sterben lassen können; in Europa vielleicht, aber nicht hier. So kümmerte er sich wohl oder übel um den fiebernden Kapitän. Ein Inselbewohner brachte ein Fettlämpchen, ein wenig lauwarmes Wasser, einen alten Lappen und eine Handvoll Sauerdatteln. Affen flitzten aufgeregt durch die Nacht. Eine Greisin trug mit verzweifelter Miene eine tote Schlange vorbei. Ein hochaufgeschossenes Mädchen, das mit Wahnsinn geschlagen schien, rannte laut pfeifend hinter ihr drein. Gharapuri war kein guter Ort. Meister Musa ging zurück in die Hütte.

Der Kapitän zitterte so gewaltig, dass alle vier Wände, die nicht sehr stabil waren, im gleichen Takt zu vibrieren schienen. Er stammelte vor sich hin, wohl in seiner Muttersprache. Alle reden, wie die Mutter redet, wenn sie sich fürchten. Er griff in die Luft. Wahrscheinlich sah er dort Teufel. Alle sehen überall Teufel, wenn sie das Fieber packt. Es war wohl das Sumpffieber. Das kannte al-Lahuri gut. Er hatte zwei Kinder ans Sumpffieber verloren, Zubaydas drittes und Gohars einziges. Doch nicht jeder musste am Sumpffieber sterben. Der Kapitän sah stark aus. Vielleicht würde er wieder gesund. Meister Musa befeuchtete den Lappen und legte ihn dem Kranken über die Augen.

Da sträubte er sich gewaltig. Er packte Musas Hand und wehrte sich, als ob alle Teufel gleichzeitig auf ihn eindringen wollten.

»Komm schon. Ist ja gut«, sagte Musa. Und noch sonst allerlei, was man sagt, wenn Leute sich fürchten. »Das ist nicht dein erstes

Fieber, mein Sohn«, setzte er auf gut Glück hinzu. »Das hattest du vor ein paar Tagen schon einmal. Da ist es auch vorübergegangen. Da bist du auch nicht gestorben.«

Er wusste nicht, ob ihn der Kapitän verstand. Doch schien er sich ein wenig zu beruhigen. Meister Musa tauchte den warmen Lappen ins lauwarme Wasser, und diesmal wehrte sich der Kranke nicht, als er ihn auf sein Gesicht legte. Musa begann wieder zu reden. So gehörte sich das. Wenn Leute sich fürchten, fürchten sie die Stille am meisten, und deshalb redet man unablässig auf sie ein.

Er erinnerte sich an Zubaydas Drittes, ein Mädchen, fünf oder sechs. Das hatte sich sehr gequält. Auf dieses Kind hatte er ebenfalls eingeredet, eine Nacht lang, nur Unfug und Poesie, und dann war es endlich gestorben. Es hatte schrecklich gekrampft. Er erinnerte sich, dass Zubayda ihrer Tochter beide Daumen in die Fäuste gesteckt hatte, damit sie sich beim Krampfen nicht mit den Fingernägeln ins Fleisch schnitt. Das sah er noch vor sich; nicht das Gesicht des Mädchens, nur das Amulett, das auf ihrem Kissen lag, und wie Zubayda sich über sie beugte und ihre Hände hielt. Das Bild war in seine Augen gebrannt. Er wedelte mit dem Lappen, um ihn abzukühlen, und freute sich, dass Erwachsene im Fieber nicht krampfen. Da begann der Kapitän zum Gotterbarmen zu krampfen. Schaum trat auf seine Lippen. Auch nässte er ein. Auf seinem hellen arabischen Kleid breitete sich ein großer roter Fleck aus.

Da waren wohl die Eingeweide dahin. Wenn sie Blut pissten, starben sie alle. So jung, dachte Musa bekümmert. Warum bist du nicht in Almanya geblieben. Er schrie »Malik! Malik!« Doch kein Malik war in Sicht.

Nibburs Zuckungen wurden schwächer und bald zitterte er wieder wie vorher. Plötzlich schlug er die Augen auf und rief auf Arabisch, »Wer bist du? Geh weg!«

»Ich bin Meister Musa aus Lahore, und ich schlage mir hier deinethalben die Nacht um die Ohren. Wasser?«

Der Kapitän zog ein angewidertes Gesicht. Er keuchte, spuckte aus und verlor die Besinnung.

Da erschien endlich Malik. Ein halb Dutzend Kinder drängte sich um ihn und eines hielt seine Hand. Er versuchte seinem Herrn um den Hals zu fallen und faselte dabei von Seeungeheuern. Musa fehlte eben die Kraft, seinen Diener zu trösten. Er gab ihm eine Ohrfeige, und als die nichts half, eine zweite. Da kam Malik langsam zu sich.

»Setz dich da hin«, kommandierte Musa. »Das ist ein Europäer mit Fieber. Er tut dir nichts. Er stirbt auch nicht gleich. Bleib da und bewach ihn und rühr dich nicht von der Stelle.«

Malik begann laut zu beten. »Erschreck ihn nicht«, sagte Musa. Da hockte sich Malik hin und schwieg. Musa zog dem Kranken das Teleskop aus dem Gürtel. Dort hatte es die ganze Zeit, halb zusammengeschoben, gesteckt. »Erzähl ihm eine Geschichte, aber leise«, sagte er zu Malik und dann zum Kapitän: »Das leihe ich mir. Danke.« Damit verließ er die Hütte.

Im nächtlichen Gestrüpp von Gharapuri hätte er sich fast die Beine gebrochen. Er schlug halb blind mit dem Stock um sich und stieg ungeduldig bergan, voller Sehnsucht nach dem offenen Himmel. Sein Mund war trocken, er roch seinen eigenen Schweiß. Endlich erreichte er das Haupttor der indischen Halle.

Es zeigte exakt nach Norden, genau zum Richtungsstern. Wer auch immer diesen Berg ausgehöhlt hatte, wem auch immer dieser große, grobe, von vier dicken Säulen getragene Zugang zu verdanken war, er hatte den Himmel studiert und all sein Tun danach ausgerichtet, genau wie Meister Musa selbst. Er fragte sich, wie alt die Ruine wohl sei. Hundert, fünfhundert, ein- oder zweitausend

Jahre? Das war für Inder alles dasselbe. Die Inder hatten es nicht mit der Zeit.

Er war müde. Beim Hauptportal setzte er sich hin. Jemand hatte das Gestrüpp hier niedergehauen oder Tiere hatten es ausgerupft, eine Art Terrasse war entstanden. Mitternacht war vorüber und etwas kühle Feuchte hing in der Luft. Man blickte übers Meer, das sich mit dem Himmel vermischte. Der Große Bär stand schon hoch und darüber, im Zwilling, der fast volle Mond. Der Mann-mit-der-Ziege lag auf der Seite. Der Flammenkönig stand auf dem Kopf. Musa al-Lahuri wurde es nie müde, die Konstellationen zu betrachten, absichtslos, nur zur Erholung. Er sah sie als blasse, wie mit Kalkstaub gezeichnete Bilder.

Gen Westen stand der Brhaspati-Graha im Stier, darunter die Sieben Schwestern. Der Astronom aus Jaipur blickte hinauf zur Dame-mit-der-bemalten-Hand. Die Griechen nannten die Hand Kassiopeia. Gewiss war dies auch eine Dame, aus alter griechischer Zeit.

Die Hand sah Meister Musa rot. Dies war die einzige Stelle am Firmament, wo sein Kreidebild nicht weiß war. Die Hennahand der himmelumspannenden Dame war röter noch als der Merrikh-Mangala-Mars. Er räusperte sich. Manchmal rührten ihn die großen Bilder der Nacht. Was bin ich nur für ein alter Narr geworden, dachte er.

Er hoffte, dass der Kapitän nicht stürbe, solange er mit Malik allein war. Stürbe er jetzt oder stürbe er morgen früh, dachte Musa, er führe dennoch ab. In Manbai schriebe er dann einen Brief an die Engländer, die wohl irgendwo alle zusammensaßen und leicht ausfindig zu machen wären, und schriebe in diesem Brief, fahrt nach Gharapuri hinüber und bestattet den Soldaten aus Almanya, der dort am Sumpffieber starb.

Etwas Hartes bohrte sich in seinen Bauch. Das war das Teleskop, das er ganz vergessen hatte. Er zog es aus, bis es nicht weiter auszuziehen ging, und blickte hindurch. Er sah Schwärze, dann Sterne. Sie wackelten unscharf und schienen nicht näher als mit bloßem Auge betrachtet. Das Teleskop drehte das Bild nicht einmal um, wie damals jenes in Jaipur.

Er studierte den Mizar. Er sah aus wie immer, nichts als ein weißer Punkt. Ich mache, dachte er, etwas falsch, oder dieses Instrument ist nicht gut. Auch das Meer ergab kein interessantes Bild. Das Gestrüpp allerdings kam näher. Er stand auf, ging weit zurück und beschaute den Eingang der Halle. Eine dicke, düstere Säule holte das Teleskop nahe heran. Wenn der Morgen kam, könnte man dies noch einmal bei Licht versuchen. Man könnte es aber auch bleibenlassen.

Er schob das Fernrohr zusammen und setzte sich wieder hin. Er stellte sich vor, wie er es dem toten Kapitän später in die Hände legen würde. Das bekümmerte ihn. Tot sein, auf einer sinnlosen Insel, allein und fern von der Heimat, und warten, bis Engländer einen begraben, wenn man schon stinkt … Ich gehe jetzt wieder hinunter zu ihm, dachte Musa. Wer weiß, was ihm Malik erzählt. Er stand auf. Gewiss erzählt ihm Malik Geschichten, die ich ihm einmal erzählte, denn andere Geschichten wird Malik nicht kennen. Wieder schaute er hinauf zum Mond und erinnerte sich an all die Geschichten, die er über die Jahre seinen Kindern und Frauen und Freunden und vor allem Malik erzählt hatte, der der beste Zuhörer war. Eine war schrecklicher als die andere. Die meisten waren indisch. Die Inder hatten die schönsten Geschichten. Für einen Christen als Untermalung beim Sterben waren sie die falschen Geschichten. Aber er würde sie ohnehin nicht verstehen. Meister Musa konnte den Weg nicht mehr finden, der hinab zu der hässlichen Hütte führte. Das ist mir alles ein Rätsel, dachte er, und ich muss es nicht lösen. Er gähnte so sehr, dass ihm das Wasser in die Augen trat. Der Richtungsstern verschwamm zu einem milchigen Fleck. Ihm fiel ein, dass er das Abendgebet vergessen hatte, das er, seit er auf Reisen war, fast immer vergaß. Er setzte sich wieder hin.

Ein pünktlicher Bauer, ein Esel im Joch. So hatte Guru Jagannatha immer geseufzt, der indische Hauptastronom des alten Fürsten von Jaipur. *Die Zeit hat nur jene zu kümmern, die säen und ernten. Der Weise hält sich an die Mathematik.* Solches hatte er freundlich verkündet und sich sodann seinen Uhren gewidmet, der Wasseruhr, der Sinkuhr, der Peitschenuhr, der Sehr Großen Sonnenuhr, der Sehr Kleinen Telleruhr sowie dem steten Lauf des Mondes durch die siebenundzwanzig Häuser des Himmels. Gefragt, wie dies zusammengehe, hatte er *gar nicht, gar nicht* gesummt und gelächelt, mit seinem verschrumpften, beglückten Schildkrötengesicht. Eines Tages hatte er dagesessen wie sonst und nicht mehr geatmet. Man hatte Stunden gewartet, ob er wieder anfangen würde, und dann erst geglaubt, dass er tot sei. Da war Guru Jagannatha hundert Jahre alt gewesen und Musa al-Lahuri zehn. Oder Jagannatha war achtzig und Musa zwanzig. Die Zeit verschwamm wie ein Astrolab, das man zu nah vor die Augen hielt. Guru Jagannatha fing nie mehr an zu atmen und Musa al-Lahuri heulte und schrie, ein Zehnjähriger, der wie ein Fünfjähriger heulte und schrie, oder ein Zwanzigjähriger, der wie ein Zehnjähriger heulte und schrie, er heulte und schrie vollends unbeherrscht, weil er Jagannatha so liebte, und es schickte sich nicht, nicht für den kleinen Sohn des persischen Hauptastronomen des Fürsten von Jaipur und erst recht nicht für einen, der mit zwanzig schon persischer Hauptastronom ist. *Schweig still. Es ist alles dasselbe.* Jagannatha summte und summte. *Hör auf zu jammern, Kind aus Lahore. Alles endet. Gott wird enden. Der jammert auch nicht.* Jeden seiner Götter hatte er immer nur *Gott* genannt, und wenn auch fünf Stück zusammensaßen, halb begraben unter Früchten und Blüten und Bergen Basilienkraut, immer war es nur *Gott, Gott* in der Einzahl, und manchmal auch auf Arabisch. *Es ist alles ein Rätsel und du musst es nicht lösen.* Guru Jagannatha war der einzige Mensch auf Erden gewesen, dessen Sanskrit fast wie eine normale Sprache klang.

Musa schrak hoch. Er wollte auf keinen Fall einschlafen. Mit gerunzelten Brauen starrte er hinauf zum Polarstern und hinüber ins dunkle Gebüsch. Wer weiß, ob ein Tiger …

Ihr mit eurer schlichten Richtung. Ihr mit eurer kleinen Welt. Guru Jagannatha lässt Mandelküchlein an die persischen Astronomen verteilen. Und Sirupklößchen. Gestockten Süßquark, in Ecken geschnitten, mit silbrig kandierter Betelnuss. Dann lässt er sich davontragen, in die Halle, worin die Inder den Himmel bedenken, und die Perser verbringen den Rest des Tages beim Sehr Großen Sonnenzeiger, die ganze Nacht im Sehr Großen Meridiankreis und zwischen den Instrumenten der Zwölf, sie stehen, wandeln, schauen und schreiben die täglichen Zeiten und Zahlen und hinterlassen Sirupflecken auf dem Papier.

Vater steigt auf den Sehr Hohen Aussichtsturm und nimmt Musa mit. Da sieht man alles. Da blickt man hinab zum langen Basar und fast bis zum Mondtor gen Sambhar. Gott schütze uns, sagt Vater und zieht Musa am Ohr, damit er nicht einschläft. Einer, der den Himmel studiert, darf nie schlafen, nicht nachts und nicht tags. Das soll er sich abgewöhnen, wenn er noch jung ist, denn später lernt man das nie. Vater nimmt sein Astrolab vom Hals und hält es Musa hin. Dabei zeigt er auf das Sehr Große Astrolab unten im Observatorium. Das Sehr Große Astrolab besteht aus Backstein und Kalk. Das kleine Astrolab besteht aus Messing und Silber. Beide bestehen aus demselben Prinzip. Das Wort hat Musa erst gestern gelernt. *Schick das Kind weg,* stöhnt Jagannatha. Da schickt ihn Vater fort und Jagannatha skandiert, *Lahuri, lass mir das Kind da! Ich will es! Gib es! Es ist doch längst zehn! Gleich ist es zwanzig! Ich will es lehren, in alle Richtungen zu beten, denn später lernt man das nie!* Und dann spielt er ›Fünfundzwanzig gewinnt‹ mit Musa. Das sollte Vater nicht wissen. Immer wissen, wo Vater ist. ›Fünfundzwanzig gewinnt‹ auf dem bunten Tuch mit den bunten Steinen, und Jagannathas Steine niemals berühren. Ein schönes Spiel. Gott spielt das auch. Gott spielt mit Gott ›Fünfundzwanzig‹ und verliert ständig gegen sich selbst. Da lacht er so sehr, alle beide, dass die Himmel und Welten erzittern. *Erzähl das deinem Vater, damit er ruhiger schlafen kann.* Vater mit dem Mondhöhenbuch, weit weg im Azimut-Yantra. *Willst du, dass Gott dich hört, Kind aus Lahore? Beschimpf ihn. Rüttle an seinem Berg. Dann gibt er dir Geschenke.* Das ist verboten. Das macht Spaß. Vater kommt mit den Tagestabellen und holt Musa zum Abendgebet. Es gibt Sirup-, Hirse-, Quark-, Butter-, Milch- und Mandelklößchen für alle. Jagannatha isst nichts. Guru Jagannatha isst nie, weil er früh gelernt hat, ohne Essen zu leben, oder zumindest nicht mit Persern am selben Tisch. *Welch schönen Sohn du hast, Lahuri!*

Meister Musa fuhr zusammen. Es war taghell. Sein linkes Bein war taub. Teleskop und Säbelknauf bohren sich in seinen Bauch. Er rappelte sich auf und verrichtete das Morgengebet, ohne Wasser, nur mit Staub, und viel zu spät.

Als Carsten Niebuhr die Augen aufschlug, sah er einen pausbäckigen Jungen neben sich sitzen, der unablässig und wie im Halbschlaf auf ihn einredete. Schon seit Stunden, meinte er sich zu erinnern, erzählte ihm dieser Junge fortwährend Dinge. Schon im

Traum hatte er ihn reden hören. Er kannte ihn nicht, er kannte die Sprache nicht und die Lage erschloss sich ihm nicht. Er versuchte sich aufzusetzen, was ihm nicht gelang. Der Junge verstummte, er hielt sich sogar den Mund zu, und staunte ihn an.

Niebuhr hatte soeben das neunte Fieber seit Mukha überstanden. Noch erinnerte er sich nur an Zahlen. Die kamen immer zuerst. Wieder wollte er sich aufsetzen, doch ihn schwindelte zu sehr. Immerhin gelang es ihm, den nassen Wickel, der wohl einmal sein Turban gewesen war, vom Kopf zu zerren und sich auf die Seite zu rollen.

»Kannst du mir, mein Sohn, der du da sitzt und Geschichten erzählst«, formulierte er gewissenhaft auf Arabisch, »in deiner Freundlichkeit Auskunft erteilen, wo wir uns befinden und wer du bist?«

Durch die Hände hindurch, mit denen er sich den Mund zuhielt, stieß der Junge ein »oh« aus. Mit verklebten Augen blickte Niebuhr in sein Puttengesicht.

»Sprichst du Arabisch?«

»Nein! Nein!«, rief der Junge auf Arabisch. Er reichte ihm Wasser. Niebuhr trank gierig. Er hatte sich aufgesetzt.

Ein stabiler Mann in den besten Jahren erschien in der Tür der Behausung. Er trug einen langen blauen Mantel, den passenden Turban dazu, Hosen aus gestreifter Leinwand, die in schmutzigen Stiefeln steckten, und er legte den Kopf schief und stützte eine Hand in die Hüfte, die andere auf seinen Säbelknauf, wie einer, der genau und kritisch etwas betrachten will. Die Stiefel hatte Niebuhr von seinem Platz auf dem Boden zuerst gesehen: hochhackige gelblederne Stiefel, am Spann mit Blumen verziert. Es fiel ihm schwer, im Gesicht dieses Mannes zu lesen, welche Absichten er verfolgte. Carsten Niebuhr konnte in anderer Leute Gesichtern nichts lesen, nicht im Bremischen, nicht in Göttingen, nicht in Kopenhagen, nicht in Arabien und auch nicht in Hindustan. Der Mann kam näher. Er sah nicht aus wie ein Inder. Sein Bart war schwarz und seine Augen in frappanter Weise grüngrau. Das beunruhigte Niebuhr. Er rückte zurück bis zur Wand, an der er sich abstützte, um aufzustehen. Dabei zerbrach sie fast. Er stand schwankend und versuchte, eine Haltung einzunehmen, die höflich und zugleich wehrhaft erschien.

»Erstaunlich«, sagte der Mann auf Arabisch. »Nun denn. Gott sei Dank. Auf, auf, hinunter zum Schiff und hinüber nach Manbai.«

»Wer bist du, Scheich, falls ich mir die Erkundigung erlauben darf? Und ist dies Elephanta?«

»Noch immer Meister Musa aus Lahore. Scheich brauchst du mich nicht zu nennen. Und nein, kein Einziger. Wie sollten die wohl herübergekommen sein? Geschwommen?«

»Ich würde untertänigst zu wissen wünschen …«

»Schiff!«, rief der Mann aus Lahore. »Auf, auf!« und fasste Niebuhr am Arm.

Niebuhr versuchte sich loszumachen. Dabei verlor er das Gleichgewicht. Der Mann hielt ihn fest. Auch der pausbäckige Junge, von diesem angeschnauzt, hielt ihn fest. Sie nahmen ihn zwischen sich und zerrten ihn aus der Hütte, und von dort, begleitet von Kindern, Affen und Ziegen, einen verwilderten Berg hinunter. Der Mann aus Lahore und sein Gefährte oder Diener schlugen mit ihren Stöcken die Affen weg, die Gefallen an Niebuhrs blutigem Kaftan zu finden schienen, und der Mann aus Lahore wiederholte »auf, auf« und »wohlan« wie ein Schulmeister, der Knaben zur Eile treibt.

Niebuhr versuchte alleine zu gehen. Er schwankte und stolperte. Da griffen sie ihn wieder unter den Armen. Wo war sein

Schreibzeug geblieben? Hatte er überhaupt etwas notiert? Warum? Warum nicht? Wo war das Schiff? Wo waren die Altertümer, die er hatte studieren wollen? Ein kleiner harter kühler Affenfinger bohrte sich in seine Hand.

»Ist dies die Insel vor Bombay, worauf sich die alten Dinge befinden?«, rief er in einer gewissen Verzweiflung.

Der Mann aus Lahore seufzte. Er zog Niebuhrs Teleskop aus dem Gürtel und hielt es ihm hin, ohne ihn loszulassen. »Das habe ich mir geliehen. Danke. Ist das dein bestes?«

»Nein!«, rief Niebuhr empört. Seine Knie gaben nach. Sie hatten einen Strand erreicht, den er noch nie gesehen hatte. Der Mann und der Junge setzten ihn unter eine Palme. Dort saß er recht hilflos. Der Mann starrte zum Meer, nach rechts und nach links, dann schrie er den Jungen an. Der Junge jammerte und rang die Hände. Der Mann schrie weiter. Er gestikulierte zum Meer und dann zum Himmel hinauf.

»Ich habe in Bombay drei gute, große Rohre zur Betrachtung des Himmels«, begann Niebuhr bedächtig, »und du bist von Herzen und mit Aufrichtigkeit sehr willkommen, zum Dank für deine freundliche Hilfe …«

»Wo ist dein Schiff?«, schrie Meister Musa.

»Es wartet, nehme ich an …«

»Bist du von Manbai gekommen, oder von Panvel?«

»Weder noch«, sagte Niebuhr. »Außer ich verstehe die Ortsnamen falsch. Ich kam von Westsüdwest. Hier blicken wir scharf nach Osten. Ich kam von der Stadt, die ich als Bombay kenne, und landete auf der anderen Seite der Insel. Ich nenne sie Elephanta und du nennst sie offenbar anders. Ob mein Schiff dort noch wartet, wo es gestern gelandet ist, kann ich nicht sagen. Ich habe Hin- und Rückfahrt im Voraus bezahlt. Der Schiffer hat wenig Nutzen davon, eine Nacht lang auf mich zu warten, wenn man es nach der Vernunft betrachtet.«

Der Soldat aus Almanya schien fast gesundet. Sein Arabisch kam ohne Stottern heraus und klang nicht mehr lustig. Musa stöhnte. Dann begann er zu lachen.

IV

Carsten Niebuhr stand auf seiner Terrasse in Bombay und bestimmte Sonnenhöhen mit dem Hadley-Oktanten. Morgen, falls das Fieber nicht kam, wollte er nach Elephanta fahren, um dort die Altertümer zu besichtigen, von denen die Engländer sprachen. Eine gewaltige Darstellung des Urteils Salomonis, in biblischen Zeiten aus einem Felsen gehauen, befinde sich auf dieser Insel, hatte Obristleutnant Dow erzählt. Das war vom historischen Standpunkt her erstaunlich und wollte betrachtet werden.

Vor drei Tagen, am 10. Februar 1764, war Cramer gestorben. Seitdem war Niebuhr allein. Das hatte er einige Male vor sich hingesagt und nicht recht gewusst, was er dabei empfand.

Dr. Cramer, der dänische Arzt, war der fünfte gewesen, der starb. Er war nicht Niebuhrs Freund gewesen. Niemand war auf dieser Reise jemandes Freund. Nur Forsskål vielleicht. Der war als Zweiter gestorben, am 11. Julius des Vorjahrs in Jerim im Jemen, einem schlechten Dorf mit der Polhöhe 14° 17'. Forsskåls Erbrochenes war die Flanke des Dromedars hinuntergelaufen, auf dem man ihn festgebunden hatte, um so den Weg nach Jerim zu meistern. Das hatte Niebuhr leidgetan. Er hätte gerne verhindert, dass Forsskål, wenn er schon sterben musste, vorher ein Dromedar mit Blut und Galle bekotzte, so vollends würdelos. Vielleicht war der Physikus Forsskål wirklich sein Freund gewesen.

Cramer hatte lange gebraucht, um in Bombay endlich zu sterben. Der englische Arzt, der nach ihm schaute, hatte schon vor zwei Wochen Adieu gesagt, doch Cramer hatte immer noch weiter und weiter geatmet. Sein Fieber verlief anders als Niebuhrs Fieber und auch anders als jenes von Forsskål, Baurenfeind, von Haven und Berggren. Bei jedem verlief es anders. Niebuhr verstand das nicht, doch Niebuhr war schließlich kein Physikus und Fieber nicht sein Metier. Man war nach Bombay gekommen, weil es dort englische Ärzte gab. Bombay lag weitab von der vorgeschriebenen Route. Es war beschämend, in Bombay zu sein, nur wegen einer kläglichen Hoffnung.

Cramer hatte oft bewusstlos gelegen und dazwischen auf Dänisch gebetet. Dann war sein Gesicht angeschwollen, die Lippen hatten sich von den Zähnen zurückgezogen und eine butterglatte, dicke Zunge war hässlich hervorgetreten. So hatte er tagelang weitergelebt. Cramer hatte an der Gelbsucht gelitten. Das konnte sogar Niebuhr, ohne Arzt zu sein, sehen. Auch Forsskål und Baurenfeind hatten am Schluss an der Gelbsucht gelitten, aber von Haven und Berggren nicht. Die Gelbsucht hieß *Yerakon* in der Bibel. Oder *Yerakon* war der Mehltau der Pflanzen. Vielleicht war *Yerakon* auch der Wind, der die Kornfäule brachte. Man solle einen Samariter finden und fragen, was es mit *Yerakon* auf sich habe, man solle auch schimmelige Pflanzen sammeln und arabische Wörter, die ähnlich wie *Yerakon* klangen, so Professor Michaelis' Vorschrift zum Reisen. Er schrieb selten *ich*, meistens *Wir*. Das schrieb er groß wie ein König. *So fragen und wünschen und befehlen Wir*, schrieb Michaelis auf fast jeder Seite, und bald folgten Wörter in hebräischer und arabischer Schrift. Das zu verstehen war nicht Niebuhrs Metier. Doch seit von Haven, der Philologus, gestorben war – als Erster, laut jammernd, am 25. Mai in Mukha, bei Südwind und 91 Grad auf dem fahrenheitschen Thermometer –, fiel es wohl oder übel in sein Ressort.

Wir finden es keineswegs gut und ratsam, schrieb Michaelis, *dass sich die Gesellschaft jemals voneinander trenne, sondern Wir befehlen allergnädigst, dass die fünf Reisenden insgesamt von Bassora aus zu Lande über Aleppo und Smirna und so weiter nach Europa zurückkehren, und dass keiner von ihnen hierwider handle, sei es unter welchem Vorwand es wolle.* Diesen Satz konnte Niebuhr auswendig. Er konnte ihn auch in einem Wort zusammenfassen: *Gescheitert.* Das Gericht des Salomo, so es denn hier in Hindustan auf seltsame Weise gelandet wäre, wollte er dennoch studieren. Selbst eine gescheiterte Reise, dachte er, würfe vielleicht kleine Gewinne ab. Ob dem so sei, müsse letztendlich Michaelis entscheiden. Niebuhr hatte Forsskåls Papiere zu von Havens Papieren und Baurenfeinds Bildern gelegt und alles mit seinen eigenen Notizen zu einem Paket verschnürt. Dieses sollten die Engländer nach England bringen, wenn er tot war, und von dort sollte alles nach Göttingen gehen, auf dass Professor Michaelis sähe, was erreicht worden war, und daraus sein Fazit zöge. Carsten Niebuhr gab sich bestenfalls noch einige Wochen.

Alle Ressorts hatte er eines nach dem anderen geerbt: von Havens Sprachwissenschaft, Forsskåls Naturkunde, Baurenfeinds Zeichenkunst und endlich auch Cramers Medizin. Sogar Berggren hatte Niebuhr beerbt. Berggren war der Bediente gewesen. Er war als Vierter, auf See, bei günstigem Wind, vor der malabarischen Küste gestorben, am 30. August, einen Tag nach Baurenfeind. So war Niebuhr auch Diener geworden.

Jedes Mal, wenn einer starb, zwang er sich, an dessen Leben zu denken; an das, was ihm davon berichtet wurde, und an das, wovon er selbst Zeuge gewesen war. Erinnerung und ein Grab, fand Niebuhr, waren das Mindeste, was jeder verdiente. Außer er starb auf See.

Dr. Christian Carl Cramer war Däne und wurde zweiunddreißig Jahre alt. Michaelis hatte ihn nicht gewollt. Ihm waren andere, erfahrenere Ärzte vorgeschwebt, doch alle hatten den Schwanz eingezogen. Also war Cramer wohl ein tapferer Mann. Er taugte nichts, nicht als Arzt und als Naturforscher auch nicht. Er war auch weder liebenswert noch unterhaltsam. Niebuhr war froh, dass er keine Grabreden halten musste.

Auf der Terrasse des Hauses, das er mit Cramer bewohnt hatte, nahm er eine Sonnenhöhe um die andere und erinnerte sich, wie Cramer auf der Fahrt von Dschidda nach Luhayya seine Taschenuhr hatte fallen lassen, wie sie zwischen die Bootsplanken gerutscht war, wie Cramer geklagt, aber dann bei der Ausschiffung seine Uhr gänzlich unbeschädigt wiedergefunden hatte. Das hatte Cramer gefreut. War das Grund genug für ein Menschenleben? Er ließ vom Hadley-Oktanten ab und legte die Hand auf Professor Mayers Quadranten. Der stand gut, fand Niebuhr, auf dieser Terrasse. Bombay war eine schöne Stadt, in ihrer besonderen Weise. Auch Professor Mayer hätte Bombay gefallen. Mayer hatte noch nie das Meer gesehen. »Grüßen Sie mir das Meer, Herr Niebuhr«, hatte Mayer gesagt. Doch Mayer lebte. Cramer war tot. So musste man denn an Cramer denken.

Niebuhr strich mit der Fingerspitze über die eingeritzten Grade von Mayers Quadranten und erinnerte sich an Cramers Brechpulver. Damit hatte Cramer in Luhayya Staat gemacht. Es war ein gewaltiges Brechpulver, das nach oben und nach unten wirkte, und es beglückte, warum auch immer, den Emir des Hafens, dessen Sekretär und gesamtes Personal. Der Emir und seine Mannen standen bei Cramer an, um dieses Brechpulver von ihm zu erhalten, und ging es nicht schnell genug, drängelten sie und schimpften. Wenn Niebuhr sich Mühe gab, sah er Cramer noch dort stehen, im schweißnassen Gehrock, einen Turban ums Haupt, und feierlich dänisches Brechpulver an Jemeniten verteilen, in typisch Cramerscher Konfusion. Vielleicht, dachte Niebuhr, sei das ja ein Leben wert.

Der Bediente, Berggren, war ein besserer Arzt als Cramer gewesen. Dazu gehörte nicht viel. Er war der Sohn eines Fischers aus Falsterbo. Unter einem Husarenoberst hatte er in Pommern gegen die Preußen gedient. Niebuhr hatte nie seinen Taufnamen, nie sein Alter erfahren. Eines Nachts zu Beginn der Reise, auf See zwischen Malta und Konstantinopel, als Niebuhr ein nichtendenwollender blutiger Durchfall geplagt hatte, war Berggren zu ihm gekommen und hatte verkündet: »Haben Sie Wasser getrunken.« Vielleicht war es auch eine Frage gewesen. Die Schweden, hatte Niebuhr gelernt, konnten in ihrem Singsang kein Fragezeichen stimmlich markieren, wenn sie deutsch sprachen; Forsskål konnte das auch nicht. »Ja, was glauben Sie denn, Mann?«, hatte Niebuhr gekeucht und sich wieder zum Abtritt geschleppt. Da war Berggren mitgekommen, hatte sich vor den Abtritt gestellt und gerufen: »Trinken Sie Wein! Trinken Sie Milch! Trinken Sie Kaffee! Trinken Sie kein und nie Wasser!« Später hatte er den besinnungslosen Niebuhr mit offener Hose zurück in die Kajüte gezerrt und dort liegen lassen.

Berggren war kein guter Diener gewesen. Er war groß, blond und schwer. Auf der linken Wange hatte er eine lange Narbe, vom Augenwinkel bis hinunter zum Kinn. Vielleicht stammte sie von einem schonischen Angelhaken, vielleicht von einer preußischen Kugel. Er war so still gestorben, dass Niebuhr es verpasst hatte. Erst Stunden später, als man Baurenfeind über Bord warf, hatte er verstanden, dass da auch Berggren dabei war. Das tat ihm jetzt, auf der Terrasse in Bombay, leid.

»Kein und nie Wasser«, sagte er zu Mayers Quadranten. Er erinnerte sich plötzlich an alle. Er erinnerte sich an Baurenfeind. Er erinnerte sich an von Haven. Er erinnerte sich an Forsskål. Er erinnerte sich, als sei er schon tot, an sich selbst. Er erinnerte sich an das Schloss zu Qahira, wie Baurenfeind es gezeichnet, wie er selbst es geographisch verortet hatte, vom Nil her, schweigend, an einem sehr heißen Tag. Er erinnerte sich an von Havens Geschrei bei den Buchhändlern von Konstantinopel. An von Havens Geschrei beim Sterben. An Baurenfeind, als er starb; zu betrunken, um es zu merken. An Baurenfeind, wie er Wein fand: in Sues, in Abu Ajan, in Yanbu, in Dschidda. Wie er voller Trotz und Angst fast bis zum Mekka-Tor vordrang und dieses und jenes zeichnete, auf gut Glück, ein Haus, einen Stein, einen Menschen, was niemand brauchte, was niemand sehen wollte, nur weil die Zeichenkunst sein Ressort war. Baurenfeind war als Letzter zu ihnen gestoßen, ein schlechter Künstler und wohl ebenfalls ein tapferer Mann.

Auch an Forsskåls Nessel erinnerte sich Niebuhr und an Forsskåls biblischen Balsambaum und an Forsskål, wie er fluchend starb, und an die Samen von Forsskåls Nessel. Die trug er immer noch bei sich. Er würde sie den Engländern geben, wenn er ihnen auch alle Papiere gab, bald, sehr bald, kurz vor dem Sterben. Die Nesselsamen mussten nach Uppsala. Dort saß Linné, Forsskåls Lehrer, der sich garstig und voller Hinterhalt gegen Forsskål betragen hatte. Das hatte Forsskål oft und genau erzählt.

Professor Linné in Uppsala. Professor Michaelis in Göttingen. All die Professores in ihren bequemen Stuben. Niebuhr hielt sich am Quadranten fest. Ihn schwindelte.

Die gefundenen Dinge mussten heim zu den Gelehrten. Auch wenn man nicht viel gefunden hatte. Die Wörter mussten zu Michaelis. Die Samen mussten zu Linné. Niebuhr hatte einen langen

Brief an Professor Linné geschrieben, der die Nesselsamen begleiten sollte, und darin verlangt – nicht höflich gebeten, sondern fast wütend verlangt –, dass Linné kraft seines Amtes und seiner Autorität die Nessel *Forsskalea* nenne und dies der ganzen Welt zur Anzeige bringe, da es Forsskåls eigene Nessel sei und darum seinen Namen verdiene.

»Die Nessel. Darum. Verdiene«, sagte Niebuhr vor sich hin. Wenn er zu lange in der Sonne stand, begann sein Deutsch zu zerfallen.

Forsskåls Nessel war kein hübsches Gewächs. Es hatte graue, geäderte, pelzige, an den Rändern gezahnte Blätter. Selbst Ziegen verzehrten es nur in der äußersten Not. In der Bibel kam es nicht vor. Nur heuschreckenfressende Vögel kamen dort vor. Von diesen schien die Schrift zu wimmeln, sobald man sie mit dem Blick des Naturforschers las.

»Gehet hin in alle Welt und erkundet, welch Kreatur ein Selav-, ein Salwa-, ein Sumana-, ein Seleucidis-Vogel wohl sei! Haben die Juden ihn dem Muhammad erklärt? Oder Muhammad den Juden? In welcher Sprache? Aus welchem Grund? Sieh nur, Prophet des Islam, Gott schenke dir Friede, sieh dort, eine heilige Wachtel, die Heuschrecken frisst und die der Wind herabweht, damit das Volk Gottes in der Wüste nicht Hungers stirbt! Wir nennen sie ›Selav‹! Nennst du sie ›Salwa‹? Hast du, Muhammad, den Plinius studiert?« So hatte Forsskål heikel gescherzt. Forsskål konnte ein Witzbold sein. Doch einmal hatte ihn Niebuhr dabei ertappt, wie er durch die ägyptische Nacht schlich, einen Vogelkäscher hinter dem Rücken, und an Stellen verharrte, wo Heuschrecken zirpten; ob dort nicht vielleicht ein Selav-Salwa-Sumana säße und schliefe. Einen solchen hätte Forsskål zu gerne gehabt. Am besten mit Eiern. Die hätte er ausgeblasen und den Vogel ausgenommen und ausgestopft und alles gut verpackt und stolz nach Schweden getragen. Doch er hatte nur eine triste Nessel entdeckt und war in Jerim krepiert. Woran krepierten sie alle? An 5. Mose 20? An 3. Mose 26? An einem Wort namens *Kaddachat*? An *Schwulst, Fieber, Hitze, Brunst, Dürre*, wie Luther, gewiss falsch, übersetzte? Warum wusste das keiner? Warum verriet das keiner? Schon auf der Fahrt nach Konstantinopel hatte Niebuhr große Teile von Michaelis' Fragenkatalog kopiert und dabei hoffnungsfroh hinter jeder Aufgabe viel Platz gelassen, um die jeweilige Lösung später ordentlich eintragen zu können. Die Lücken waren noch immer Lücken. Seit er in Bombay war, spielte er mit dem Gedanken, überall *ich weiß es nicht* hinzuschreiben und mit ganzem Namen zu zeichnen.

Wie nennt der gemeine Araber Hiobs Nordsterne Asch, Kesil und Kima? – Ich weiß es nicht. Carsten Niebuhr. Wie tief teilt die Ebbe das Rote Meer? – Ich weiß es nicht. Carsten Niebuhr. Was ist der falsche Weizen im Gleichnis des Sämanns? – Ich weiß es nicht. Carsten Niebuhr. Welches Holz macht das Salzwasser süß in Exodus 15? – Ich weiß es nicht. Carsten Niebuhr. Blickt man vom Gipfel des Nebo in der Tat bis nach Zoar hinunter? – Ich weiß es nicht. Carsten Niebuhr. Wie beschneiden die Araber ihre Söhne? Wie verschneiden sie ihre Eunuchen? Haben sie zur Zeit des Monatsflusses Lust auf die Weiber? – Ich weiß es nicht und ich will es nicht wissen, es tut mir sehr leid. Carsten Niebuhr.

»Ach Herr Niebuhr, Sie artiger Mann.« Einmal hatte er Forsskål plötzlich geschlagen. Einmal zu oft hatte Forsskål gesagt, »was sind Sie artig, was sind Sie naiv, was sind Sie für ein Pedant, Herr Niebuhr«, da hatte er ihm eine Maulschelle verpasst, an Messschnur und Triangel vorbei, womit er eben die Pyramiden vermessen hatte. Die Szene hatte sich in der Öffentlichkeit zugetragen, zwischen einer Gruppe italienischer Wissenschaftler und einer Gruppe von Beduinen. Die Italiener hatten es nicht bemerkt.

Die Beduinen, die nach ihrer Art auf den Fersen hockten, waren allesamt aufgestanden und hatten erwartungsvoll herübergeblickt, als bahne sich hier eine Prügelei an, an welcher sie teilnehmen könnten. Forsskål war aus allen Wolken gefallen. Niebuhr hatte »Pardon« gesagt, in einem verächtlichen Ton. Die Beduinen hatten sich wieder auf die Fersen gesetzt. Die Italiener hatten auf Italienisch die Pyramiden laut kommentiert. Nichts Weiteres hatte sich zugetragen. Niebuhr hatte die Sphinx vermessen. Ihre Höhe betrug 27 Fuß 6 Zoll über dem Sand.

Noch einmal nahm er die Sonnenhöhe, dann griff er den Wasserkrug, der auf dem Terrassengeländer stand, und schüttete sich das Wasser über den Kopf. Kein Teleskop befand sich auf dieser Terrasse. Man konnte nach Herzenslust mit Wasser spielen. Es lief ihm in die Augen und aus dem Turban den Nacken hinunter.

Auf die Gefahr hin, dass ihn die Engländer für einen Renegaten hielten, kleidete er sich nicht mehr mit europäischem Anstand. Es fühlte sich gar zu widerlich an, besonders im Schritt und unter den Armen. Auch Mayer, dachte Niebuhr, hätte die arabische Tracht geliebt. In Qahira hatte er ihm ein langes Gewand gekauft, aus der guten Leinwand, die man im Flecken Dimischli bei Dumyat fertigte. In diesem Gewand, hatte Niebuhr gedacht, könnte Mayer im Sommer, wenn es heiß war, auf dem Göttinger Stadtwall sitzen und Mondtafeln schreiben.

Überhaupt hatte er viel für Mayer gekauft, nur unnütze Dinge. Eine Wasserpfeife aus einer Kokosnuss. Drei Paar Pantoffeln. Ein Döschen mit Färbersafran. Ein Fläschchen mit heilendem Öl nach Markus 6,13. Ein halbrundes Ding aus Messing mit Drahtringen und halbedlen Steinen daran, wie es vielleicht Frauenzimmer unter dem Schleier trugen. Selbst bei dem Sklaven, den er auf dem Markt in Bombay gekauft hatte, war ihm zunächst Mayer in den

Sinn gekommen. Dieser könnte all die Geschenke nach Göttingen bringen, hatte Niebuhr gedacht, und dazu ein paar Seiten Notizen zur Bestimmung des Längengrads. Ein junger Mohr würde plötzlich bei Mayer erscheinen und beiläufig Grüße vom Meer ausrichten. Die Vorstellung hatte Niebuhr gefallen. Dann hatte er den Sklaven verschenkt und all die unnützen Dinge desgleichen, weil es doch lächerlich war. Nur die Blätter zum Längengrad, in denen einiger Nutzen schlummern mochte, blieben an Mayer adressiert.

Er drückte auf seinen Turban, um noch etwas Wasser herauszupressen. Es sickerte angenehm hinter den Ohren hinunter. Professor Mayer war auf Gottes Erde der Einzige, an den er noch freundlich dachte. Ein letztes Mal für heute nahm er die Sonnenhöhe. Sein Geist war von all dem Fieber so müde geworden, dass er tagsüber vor sich selbst die Teleskope versteckte; dass er nicht etwa einen starken Tubus versehentlich auf die Sonne richte und daran erblinde.

Die Altertümer auf Elephanta, so Obristleutnant Dow, seien vernunftlos und furchtbar, verrottet, verschmutzt, auch moralisch verschmutzt, sehr groß, sehr alt und befänden sich in einem Berg. Sonst gebe es nichts auf dieser Insel, das sehenswert sei, außer der Cobra capella. Diese sei dort zu einer rechten Plage geworden, weshalb man eine Flinte mitnehmen müsse, wenn man nach Elephanta fuhr, damit man nicht etwa gebissen wurde und starb. Zum ersten Mal freute sich Niebuhr, dass er in Kopenhagen Englisch gelernt hatte, in der Meinung, dies sei die Lingua franca des Morgenlands; denn Engländer sprachen nur Englisch.

Morgen, übermorgen, bald würde er nach Elephanta fahren. Er bestimmte die Sonnenhöhe so oft, dass ihm die Tage verschwammen. Das Wort ›Zeitvertreib‹ ging ihm viel durch den Sinn. All die Zeit, dachte Niebuhr, die zwischen Geburt und Tod lag, müsse man sich so oder anders, wohl oder übel vertreiben. Mehr fiel ihm zum Menschenleben nicht ein. Mit leichtem Gepäck wollte er nach Elephanta fahren, nur mit Schreibzeug und dem kleinen holländischen Fernrohr, das zu schwach war, um bei einem falschen Blick zu erblinden; und ohne Flinte, ohne den arabischen Säbel, ohne den dänischen Degen, ohne Messer und sogar ohne Stock. Fast mit leeren Händen wollte Carsten Niebuhr zur Insel Elephanta fahren, die zweieinhalb deutsche Meilen vor Bombay lag, und nach König Salomo schauen, der dort vielleicht in einer alten Felswand saß und von dem Michaelis nichts ahnte.

V

»Bist du wütend?«, fragte Musa al-Lahuri.

Der Kapitän hockte auf dem Boden und zeichnete schon wieder den indischen Gott ab, der zwischen Nord- und Westportal riesenhaft aus der Bergwand drängte. Von acht Armen fehlten ihm zwei. In den übrigen Händen hielt er eine Schale, eine Glocke, ein Schwert und kopfunter, um die Füße gefasst, einen krüppligen Zwerg. Seine Beine, gespreizt in einem Sprung oder Tritt, waren in der Mitte der Oberschenkel abgebrochen. Er trug Ohrschmuck und Halsschmuck und die Menschenschädelgirlande und auch einen Schädel an seine reich verzierte Krone gesteckt. Sein hinterstes Armpaar war in die Höhe gereckt, mit den Händen spannte er ein Tuch, ein Fell oder das Himmelszelt über sich auf. Sein Mund klaffte. Zwei Raubtierzähne berührten die Unterlippe. Die Augen waren geschwollen, nach oben verdreht und im Zorn wie erblindet. Zwischen den Schnüren, die ihm um Taille und Hüfte lagen, kam sein Gemächt hervor. Es war lang und dünn wie das eines Tieres. Die Wand, aus welcher er drängte, schien ihn kaum noch halten zu können.

»Wütend?«, wiederholte der Kapitän verständnislos. Er hatte seinen blutigen Kaftan samt Hosen im Meer gewaschen. Seitdem trug er das Turbantuch um den Leib gewickelt und auf dem Kopf nur sein europäisches Haar. Zum Trocknen hatte er sein Gewand über den Fuß eines der steinernen Wächter gehängt, die den erhöhten Schrein beschützten. Er drückte das Schreibbrett fest gegen seine nackten Knie, um zu verbergen, wie sehr ihm die Hände zitterten.

»Weil du das tobsüchtige Ding so liebst«, sagte Musa. »Ich dachte, das hat vielleicht einen Grund.«

Kapitän Niebuhr blickte ihn ratlos an. Niebuhr. So sprach man das aus. Zwei lange Silben, ›Nie‹ und ›Buhr‹. Was das bedeute, hatte sich al-Lahuri erkundigt und Niebuhr hatte verkündet, »Almanya, nördlichst im Norden«. Dabei hatte er einen leeren Blick in die Ferne gerichtet. Vielleicht war ›Niebuhr‹ ein Ort am Ende der Welt.

Selbstverständlich hatte kein Schiff gewartet. Am Meer stand Malik und spähte. Erschiene eines, so würde er winken. Er hatte zuerst auf der Panvel-Seite gestanden und stand nun auf der Manbai-Seite der Insel. Es gab keine Schiffe auf Gharapuri. Ein Ruderboot hatte der brave Malik entdeckt, das, von Palmwurzeln umschnürt, tief im Schlick steckte. Es hatte keinen Boden und auch vom Rumpf war nicht viel übrig. Siebzehn sanskritische Wörter für ›Schiff‹ hatte al-Lahuri eines nach dem anderen herausgeschrien, mal im marathischen, mal im marwarischen Ton, doch es hatte nichts gefruchtet. Die Leute gafften nur, wenn Meister Musa schrie. Sie schienen auf dieser Insel zu leben und zu sterben. Sauerdatteln und Wasser brachten sie, ungern. Muscheln brachten sie, die Musa nicht wollte. Beim Spähen nach Schiffen halfen sie nicht.

»Ich bezweifle sehr«, sagte Niebuhr, »dass dies König Sulayman ist.« Mit vielen feinen kleinen Strichen skizzierte er das Tiergemächt der zornigen Wandfigur. Er zeichnete akribisch, in allen Details, und ohne jedes Gefühl. War seine Hand beschäftigt, zitterte sie kaum.

Meister Musa hatte sich entschlossen, in der Ruine zu warten, bis Malik ein Schiff herbeigewinkt hätte. Er mochte die seltsame feuchte Kühle, die in dieser Halle hing. Der Kapitän war es zufrieden. Er mochte, so schien es, das Indische, das hier halbzerstört hauste.

»Wie bitte?«, fragte al-Lahuri.

»Ist dir König Sulayman vertraut?«

»Gewiss. Was hat der hier zu suchen?«

»Die Engländer«, erklärte Niebuhr, »vermuten Sulayman in dieser Figur. Doch trotz des Kindes und des Schwertes, welche ich durchaus erkennen kann, bezweifle ich in gewisser Weise, dass hier Sulaymans Gericht uns vor Augen steht.«

Al-Lahuri blickte die Felswand hinauf und hinab und dann zu Niebuhr hinunter, der mit dem Teleskop zu seinen Füßen saß, in sein Turbantuch gewindelt wie ein Säugling. Seine Hände auf dem Zeichenbrett waren sonnengebräunt, die Arme milchig weiß. Der Schweiß stand ihm auf der Stirn. Er war nicht gut bei Atem.

»Sulayman ibn Dawud, Friede sei mit ihm? Stellt ihr euch den so vor?«

»Ich nicht. Ich kann nicht für alle sprechen. Ich weiß nicht, was indische Christen … indische Juden … in alter Zeit … das kann ich nicht wissen. Wie stellt ihr euch Sulayman vor?«

»Ich stelle mir Sulayman überhaupt nicht vor. Und du solltest das auch unterlassen.«

»Dessen kluges Urteil? Die zwei Dirnen? Die Drohung, das Kind zu zerschneiden?« Niebuhr zeigte zur Wand hoch.

»Das kommt dabei heraus, wenn man sich alles vorstellt«, meinte al-Lahuri. Dann seufzte er, »Engländer«.

»Ob du freundlich geneigt wärst, Meister, bei Gott dem Allbarmherzigen …« – jetzt scheiterte Niebuhr wieder an der höflichen Rede – »ob du etwa so liebenswert dich erwiesest, die Geschichte mir zu erzählen, die dieses Bildwerk uns in Wirklichkeit anzeigt?«

»Wofür brauchst du das?«, fragte al-Lahuri.

»Für meinen …« Niebuhr stockte. Dann formulierte er mit Bedacht: »Für meinen Befehlshaber in meinem Zuhause.«

»Der braucht das?«

»Ja. Vielleicht. Nur wenn es Sulayman wäre. Ich weiß es nicht.«

»Du bist mit einer Truppe auf Reisen?«

»Nicht mehr. Wie alt ist das Bauwerk? Wer hat es …«

»Woher soll ich das wissen? Bin ich ein Inder? Pisst du noch Blut?«

»Bitte um Vergebung?«

»Ich habe dir eine Nacht lang beim Blutpissen zugeschaut«, sagte al-Lahuri, »und darum wüsste ich gerne, wie diese Geschichte ausging.«

»Danke. Kaum. Nein. Verzeih mir. Es war nur eine Erkältung. Ist das …« – Niebuhr wies mit dem Zeichenstift auf die Wand – »… ein indischer …« – da fehlte auf Arabisch das richtige Wort – »das große Bildwerk eines indischen …«

»Was in einer indischen Wand sitzt und schnaubt«, sagte al-Lahuri, »ist erfahrungsgemäß indisch. Mit dieser Regel kommst du recht weit.« Damit wandte er sich ab und ließ den Europäer mit seinen Fragen allein.

Er ging zurück in den erhöhten Schrein. Dort hatte er schon viel Zeit verbracht. Mit Niebuhrs Hilfe hatte er den Überrest des Weihesteins weggerückt, der in dem Bodenloch lag, und Wasser darunter entdeckt. Er hatte mit dem Handstock gestochert, ob sich Gewürm dort verbarg, doch das Wasser war unbewohnt, schönes, lauwarmes Wasser. Darin hatte er zuvor seine Füße gebadet und steckte sie nun wieder hinein. Bei all der Rennerei den Berg hinauf und hinunter hatte er sich Blasen gelaufen. Die gelben Stiefel waren für Gharapuri nicht gemacht. Mit dem Augenglas aus Kalkutta untersuchte er seine Zehen, steckte die Füße wieder ins Wasser und rührte missmutig darin herum. Er warf einen Stein nach einem Affen, der Niebuhrs Kaftan befingerte, aber er traf ihn nicht. Mit angewiderter Miene kaute er auf einer Sauerdattel. Sauerdatteln waren das schlimmste Essen der Welt. Er sehnte sich nach einer Schale Lammragout und einem Kännchen Kaffee.

Da war schon wieder der Kapitän. Er kam in den Schrein, ging neben Meister Musa in die Hocke und betrachtete aufmerksam das Bodenloch. Es war strenggenommen kein Loch, eher eine versenkte, ovale, einst glatt gemeißelte, nun unvollständige und zerborstene Wanne. Niebuhr steckte vorsichtig die Hand hinein und zog sie wieder zurück.

»Regen in der falschen Saison«, sagte al-Lahuri.

»Es sieht so wichtig aus. So erhöht und bewacht, dieser kleine Tempel im großen. Was bedeutet er?« Niebuhr gab keine Ruhe. Vielleicht plagten ihn die Todesgedanken so sehr, dass er sich ablenken musste. Ob ihn sein Befehlshaber aufgegeben und hier ausgesetzt hatte? Ob Frau und Kinder um ihn weinten, daheim in Niebuhr am Ende der Welt? Musa al-Lahuri fragte sich, nicht zum ersten Mal, womit er diesen Burschen verdient hatte. Plötzlich war er auf seinen Lebensweg getreten und nun stand oder hockte er dort und fragte und fragte.

»Dein Befehlshaber will nicht wissen, was dieser Schrein bedeutet«, stellte Musa fest.

»Vielleicht. Aber ich … Ist es das Wasser? Beten Inder zum Wasser?«

»Möchtest du besonders das in Erfahrung bringen, was dein Befehlshaber ganz und gar nicht wissen will? Hat er dich nach Arabien geschickt und du hast dich davongemacht und bist heimlich nach Hindustan gefahren? Um an den törichtesten Stellen aus Trotz all das zu erforschen, was ihn am wenigsten interessiert?«

Niebuhrs Augen weiteten sich ein wenig.

»Auf deinen Befehlshaber bist du wütend!«, rief Meister Musa triumphierend.

Niebuhr schwieg.

»Hockt er daheim in Almanya? Ist Almanya eine Sumpffiebergegend?«

»Er hockt in Almanya. Ja. Eine was?«

»Ein Land, wo das Sumpffieber herrscht!«

Meister Musa merkte, er hatte das indische Wort verwendet, in der Straßensprache von Jaipur. Das arabische Wort für Sumpffieber fiel ihm nicht ein.

»Gibt es die Krankheit, woran du Angst hast zu sterben, in Almanya auch?«

»Ja«, sagte Niebuhr. »Nein. Ich weiß nicht. Nein. Eher nein. Nebenbei bemerkt … und wenn wir beim Thema sind … ist dir *Kaddachat* ein Begriff?«

»Auf den wäre ich auch wütend«, sagte al-Lahuri.

Niebuhr beharrte nicht auf *Kaddachat*. Er nahm den halbwegs getrockneten Kaftan, zog ihn an und band den Gürtel darum. Dann holte er das Turbantuch darunter hervor, zog die Hosen an und begann auf arabische Art den Turban zu wickeln. Plötzlich überlegte er es sich anders. Mit dem Tuch in den Händen kauerte er sich wieder hin.

»Ich wüsste gern …«, begann er vorsichtig.

»Inder beten zu allem«, fiel ihm al-Lahuri ins Wort, »gewiss auch zu Wasser, doch es ist dieser Stein hier, den sie verehren. Jetzt ist er zuschanden und liegt dumm herum, aber früher stand er hier, genau hier, wo meine Füße sind, in dieser Wanne, die zu ihm gehört, hier stand er stolz und wies gen Himmel und die Inder küssten ihn, bedeckten ihn mit Blumen und gossen Dickmilch über ihm aus, und all die Bildnerei, die von den Wänden starrt, ist nur diesem Stein zu Ehren gemacht. Doch eines Tages kam ein Portugiese nach Gharapuri. Der schoss auf den Stein mit einer kleinen Kanone, schleppte alle Bruchstücke, die er herausgeschossen hatte, den Berg hinunter und warf sie ins Meer. Der Schutt, den er schleppte, liegt noch heute vor Gharapuri versunken, bedeckt mit Algennestern und Fischlaich, und die Gezeiten gehen über ihn hin. Der Portugiese, mit Namen Manuel, ein Isa…, ein Isa…«

»Jesuit«, half Niebuhr.

»Senhor Manuel« – al-Lahuri ließ sich nicht gerne unterbrechen – »hatte schon ganz Hindustan bereist, von Süd bis Nord und von West bis Ost, bei jedem Wetter, unter größten Entbehrungen und auf einem Maultier reitend, welches das Kanönchen hinter sich zog, und überall Götzenbilder eifrig zerschossen; nun machte er sich auf den Heimweg nach Portugal. *Doch sein Schatzhaus war leer und der Herd seines Lebens erkaltet*, wie der Dichter sagt. Ein indischer Dämon war aus dem Weihestein herausgefahren, als die Kanonenkugel ihn traf, und war in Senhor Manuels Kopf gekrochen und verwirrte ihm dort die Sinne. Fortan sah er überall Inder. Auch in Portugal – überall nichts als Inder! ›Oh, oh‹, schrie Senhor Manuel, ›schaut nur her, bei Gott, dort sitzt wieder einer, dort sitzt ein Inder, ein Inder! Und hört nur, wie grausig er summt!‹ Und dann … Und am Ende«, kürzte Meister Musa die Sache ab, »starb er umnachtet, allein und in Armut.«

Niebuhr starrte ihn an, als wolle er seine Gedanken ergründen und ergründe sie nicht. Endlich lächelte er schwach und sagte »danke ergebenst«. Er umrundete das Becken und setzte sich auf die andere Seite. Von dort schaute er zu Musa herüber, als läge ein Ozean zwischen ihnen.

»Warum zerrte er eine Kanone den Berg hinauf, statt einen Hammer zu nehmen?«, fragte er nach einer Weile.

»Erzähl, was dir in Arabien geschah«, kommandierte al-Lahuri.

»Gewiss! Ja, gewiss!« Niebuhr nickte eifrig, aber keine Geschichte folgte. Er zog umständlich seine Schuhe aus, dünne arabische Schuhe mit Bommeln, und wusste dann nicht, wohin mit den Füßen.

»Wasser«, stöhnte Musa.

Niebuhr steckte verlegen die Füße ins Bodenloch. Auf seinen Beinen wuchs ein strohblondes Fell. Ihn fröstelte. Seine Augen waren gerötet, die Wangen weiß. »Was schätzt du, Meister«, fragte er, »wie hoch der dreifache Kopf an der Südwand ist?«

»Knapp drei Elefanten?«

Niebuhr zog seine Füße aus dem Wasser und versuchte sie nass in die Schuhe zu zwängen. Als das misslang, begann er wieder den Turban zu wickeln.

»Möchtest du ihn ausmessen, auf Spanne und Finger genau?«, fragte Musa.

»Mir fehlen leider dafür die …«

»Weißt du, wie lang dein Turbantuch ist?«

Niebuhr blickte ihn verwundert an. Dann sagte er bedächtig: »Jawohl, denn nachdem ich es kaufte, maß ich es aus, um zu notieren, wie lang ein arabisches Turbantuch ist, und siehe da, es misst genau zehneinhalb …« – da fehlte das Wort. »*Bremische Ellen*«, sagte Niebuhr auf Deutsch.

Al-Lahuri wollte nicht wissen, was *Bremische Ellen* waren. Er nahm das Astrolabium vom Hals und hielt es Niebuhr hin. »Ich rate, du kannst das. Nimm und geh und miss die verfluchten Köpfe.«

Da erhellte sich Niebuhrs Gesicht. Unter Dankesreden nahm er das Instrument entgegen und lief damit ohne Schuhe davon. Al-Lahuri rückte zum Ausgang des Schreins und schaute ihm zu, wie er das Turbantuch bedenkenlos durch den Staub zog, um eine Entfernung zur Wand mit ihm auszumessen, und sich dann mit dem Astrolabium in den Scheitelpunkt stellte und durch die Absehen des Zeigers die Krone des mittleren Kopfes anpeilte. Das schien ihn sehr zu beglücken. Zum ersten Mal schien es Meister Musa, als ob sich die Todesschleier ein wenig lüfteten, in denen Niebuhr befangen war. Das fühlte sich angenehm an. Niebuhrs Furcht steckte ihn ebenso an wie Maliks ständiges Staunen. Als Niebuhr die Köpfe gemessen hatte, bestimmte er noch die Höhe der Säulen in all ihren Teilen, Untersatz, Schaft und dreifaches Kapitell, die Höhe der Decke, die Höhe der Schreinwächter und schließlich mit höchstem Genuss wie groß sein wütender Lieblingsgott war. Eifrig notierte er Zahlen. Meister Musa schaute ihm lächelnd zu. Als er alles gemessen hatte, kam Niebuhr zurück. Er reichte Musa das Astrolabium und seufzte: »Danke!«

»Von meinem Vater. Nicht mein bestes.«

»Ist dein Herr Vater ein Erkunder der Himmelsbahnen?«

»*Astronomos*. So viel Griechisch kann jeder. Und ja, das ist er gewesen. Und ich auch. Und du auch.«

»Woher weißt du das?«, fragte Niebuhr mit aufrichtigem Erstaunen.

»*Teleskopos*?«

»Oh ja gewiss! Welch lustvolle Gleichzeitigkeit der Ereignisse!«

»Lustiger Zufall«, verbesserte Musa.

»Lustiger Zufall, lustiger Zufall«, wiederholte Niebuhr artig.

Meister Musa schüttelte den Kopf.

Noch einmal versuchte sich Niebuhr an »lustiger Zufall«.

»Ich schüttle nicht den Kopf über dein Arabisch, sondern über die lächerlichen fünf Meilen, die uns von Manbai trennen, und wenn nicht bald einer ein Schiff findet oder wenigstens Hirsebrei, schlachte ich eine Ziege.« Damit nahm Musa die Wasserflasche, stand auf und verließ die Halle durch das Hauptportal.

Carsten Niebuhr wollte nicht auf Elephanta sterben. Der Irrwitz seines Lebens sollte nicht mit einem Sterbeort gekrönt sein, der noch irrwitziger war als alles zuvor. Er wollte nicht, dass eine Insel namens Elephanta, worauf noch nie ein Elefant seinen Fuß gesetzt hatte, bei dem Kreuz hinter seinem Namen verzeichnet würde, nicht in den dänischen Akten und nicht in den *Göttingischen Anzeigen von gelehrten Sachen*. Das zehnte Fieber, war er sich gewiss, würde das letzte sein. Er wusste nicht warum. Die Zahl zehn klang richtig.

Er war aus dem Ostportal ins Freie getreten und wickelte seinen Turban. Er wickelte ihn direkt um den Kopf. Wo die Kappe geblieben war, wusste er nicht. Er zitterte. Das war immer so nach dem Fieber. Sobald er stillstand oder, schlimmer noch, wenn er saß, zitterte sein ganzer Körper. Es war mühsam, das vor dem Perser zu verbergen, weshalb er es nun fast genoss, alleine nach Herzenslust vor sich hin zu schlottern.

Auch in Gesellschaft dieses Persers wollte er nicht sterben, selbst wenn er zufällig ein Mathematikus war. Er würde dauernd »ist ja gut, ist ja gut« zu ihm sagen und feuchtwarme Lappen auf sein Gesicht legen. Die Vorstellung, auf einer Insel namens Elephanta zu sterben, während ein Mann aus Lahore begütigend auf einen einredete, als sei man sechs Jahre alt, trieb ihm die Schamesröte ins Gesicht. Er wünschte, er müsste den Mann nicht duzen. Dauernd versuchte er, in der arabischen Grammatik eine Lücke zu entdecken, worin man eine Sie- oder Ihr-Form verankern könnte, doch alles, was er vorschlug, war falsch. Nicht einmal ›Scheich‹ durfte man ihn nennen. Man musste ihn ›Meister‹ nennen wie ein Sechsjähriger seinen Lehrer.

Niebuhr wusste nicht, warum Meister Musa unbedingt in dieser Ruine kampieren wollte. Es war ein grausiger Ort voller Affen und Hornvieh. Musa hatte beschlossen, hier einzuziehen, und seitdem war die indische Höhle sein Herrenhaus und Kapitän Niebuhr sein Gast. Niebuhr hoffte, dass der junge Malik bald ein Schiff herbeigewinkt hätte und dieser Spuk ein Ende fände.

Er ging auf und ab, auf und ab. Auch vor dem Ostportal hatte man das Gestrüpp ein wenig gelichtet, wenn auch mit weniger Erfolg als auf dem Nordplateau, das Meister Musa zu seiner Privatterrasse erkoren hatte. Außer den drei großen Portalen durchbrachen noch mehrere enge Tunnel den Berg. In einem solchen Stollen, hatte der Perser erzählt, wäre er bei seinem ersten Aufstieg fast ums Leben gekommen, weil dort Geröll herabfiel und wilde Tiere lauerten. Wenn nicht bald ein Schiff oder das Fieber käme, würde Niebuhr all diese Tunnel erkunden und die gesamte Anlage kartographieren. »Das wird deinen Befehlshaber auch nicht besonders ärgern«, hatte Musa gesagt. Perser waren seltsame Leute, oder Musa war ein seltsamer Mensch.

Er war auf dem Weg nach Mekka. Das war ein weiter Weg. Niebuhr fragte sich, warum ein Mekkapilger in heidnischen Altertümern umherschlich. »Kein Wind«, hatte Musa gesagt. Das war nicht befriedigend. Aber man konnte ja nicht ständig fragen.

Zwanzig Schritt vom Ostportal entfernt befand sich ein etwa hüfthoher Steinhaufen, der mit roter Farbe bestrichen war. Niebuhr wusste nicht, ob er Teil der Altertümer war oder einfach ein heutiger Haufen, vor kurzem erst aufgeschichtet und mit heutiger Farbe beschmiert. Vor diesem Haufen ging er nun auf und ab.

Und wirklich erschien bald die alte Frau. Niebuhr versteckte sich im Gestrüpp. Schon gestern hatte er sie hier gesehen, und auch heute schon einmal. Er wollte sie nicht erschrecken.

Krumm, zerlumpt und auf bloßen Füßen kam sie den Berg herauf. Sie blieb stehen, blickte nach allen Seiten, schien zufrieden mit dem, was sie sah, näherte sich dem Haufen und setzte sich davor nieder. Wie immer hatte sie eine kleine Schale mit Brei mitgebracht, die sie mit einer Verneigung zwischen sich und die Steine stellte. Sie fixierte den Haufen freundlich und kritisch, wie einer, der schaut, ob sein Gast auch gut isst.

Niebuhr trat vorsichtig von einem Bein auf das andere, um sich am Zittern zu hindern. Das Weiblein, das Steinen Brei servierte, faszinierte ihn über Gebühr. Zumal es hier, so nah vor dem Eingang des Berges geschah. Dort lag der gewaltige, prachtvoll geschmückte Tempel, verfallen, verlassen, voller Affen und Vogeldreck; hier stand ein kleiner Steinhaufen, den man pflegte und liebevoll anmalte und täglich mit Brei versorgte. Niebuhr wusste nicht, ob Tempel und Haufen derselben Religion zugehörten. Er vermutete, ja. Er vermutete, dass der Perser es wusste; doch der verriet es ihm nicht. Die Inderin konnte er nicht fragen. Auch kein Engländer war zur Stelle. Minute um Minute starrte Carsten Niebuhr die alte Frau, den roten Haufen, das ärmliche Schälchen an. Wie immer wartete er mit einer gewissen Sehnsucht darauf, dass sie früher oder später den Brei heimlich selbst verspeisen würde, was allerdings nie geschah. Sie bewegte ständig die Lippen. Er konnte nicht hören, ob sie Laute erzeugte. Er stellte sich vor, dass sie flüsterte: »Schmeckt's dir? Schmeckt's dir?«, wie eine besorgte Mutter.

Er wünschte, Baurenfeind wäre hier. Baurenfeind könnte die Szene zeichnen. Er wünschte auch, ein Dichter erschiene, um sie in poetische Worte zu fassen, und ein Philosoph käme auch noch hinzu und verliehe ihr einen Sinn. Niebuhr verstand nicht, warum ihn die Greisin so fesselte. Er wünschte, Mayer wäre hier und erklärte es ihm. Und wieder, und warum auch immer, und schon zum dritten Mal in zwei Tagen, fiel ihm St. Jacobi in Lüdingworth ein. Wie man dort in der grünen Bank saß und immerfort dachte, Liebe, Liebe. Da war man fünf oder sechs oder acht oder neun oder zwölf. Immerfort saß man in St. Jacobi in der mattgrünen Niebuhr-Bank und alle sangen, *er gab aus dieser Liebe Drang den einz'gen Sohn dahin*. Die Liebe war Gott. Gott war die Liebe. Man sagte so lange ›Liebe, Liebe‹ im Kopf, bis das Wort zum Fürchten war. Professor Mayer, erklären Sie das! St. Jacobi. Zum Fürchten. Der bucklige Moses, der die Kanzel trägt und wie Großvater Boye aussieht. Der Posaunenengel mit Füßen so flach wie die Füße von Enten. Sein Gesicht ist eingedellt. Er hängt ganz oben. Man kann nicht erkennen, woran er hängt. Seine Haare sind aus Gold. Großpapa Boye duckt sich mit den Gesetzestafeln hinter weiße, metallene Blumen. Überall Schrift. Auch die Schrift ist golden. Davor fürchtet man sich, weil man noch nicht lesen kann, und dann kann man lesen und fürchtet sich weiter. *Fides*, *Spes* und *Charitas*. Bloß nicht daran denken. Den Mund auf und zu machen, wenn die anderen singen. Die eigene Stimme: zum Fürchten. Schnörkel und Schleifen am Türchen der Niebuhr-Bank. Bei den Stüwers ein Kreis, der ein gleichschenkliges Dreieck umfasst. Auf die Stüwers ist man deshalb immer neidisch. *Charitas*. Nicht daran denken.

Das Stüwers-Türchen ist die einzige Stelle, wohin man in St. Jacobi getrost blicken kann. Vorbei an Vater. Vorbei an der Stiefmutter. Vorbei am Hauptknecht und am kleinen Bruder. Kreis, Dreieck, Kreis bei den Stüwers. Liebe, Sinuskosinus, Liebe.

Da brach eine zweite Frauensperson plötzlich durchs Dickicht, ein Mädchen, vielleicht fünfzehn, vielleicht achtzehn Jahre alt, hoch gewachsen, mit langem Hals und langen Fingern und Zehen. Ihr Gesicht war rund wie ein Apfel und schmutzig, die Züge weich, die Brauen dramatisch geschwungen. Ihr Haar war zu Zoteln verfilzt und eine weiße Kette, aus Steinen oder Muscheln gefädelt, zog sich kreuz und quer hindurch und fiel in einer Schlaufe auf den Rücken hinunter. Als Kleid trug sie nur ein Tuch, das ihre Brüste kaum bedeckte. Sie stürzte sich auf die Alte, packte sie am Arm, zog sie schimpfend auf die Füße und zerrte sie hinter sich her den Berg hinunter.

Niebuhr atmete langsam aus. In Revieren halb entblößter Frauenspersonen sich zu verbergen, gehörte sich nicht. Nun baute er sich vor dem Steinhaufen gut sichtbar auf. Dort stand noch die Schale mit Brei. Sonst hatte die Alte sie jedes Mal mitgenommen, wenn die Andacht beendet, die Steine gut gefüttert waren. Das Mädchen, dachte Niebuhr, machte sich nichts aus Großmutters Religion. Er setzte sich auf die Erde, vor den Haufen, vor die Schale, und steckte den Zeigefinger vorsichtig in den Brei. Er war kühl und fest, der Finger hinterließ ein Loch, das sich erst langsam wieder zu schließen begann. Niebuhr befühlte die Steine, dann roch er daran. Sie waren etwas klebrig und rochen erdig, sauer und auch ein wenig wie Blumen. Vielleicht war die rote Farbe eine Paste zum Würzen. Er leckte vorsichtig an seinen Fingern. Sie schmeckten süß und scharf. Er zog die Beine an und stützte das Kinn auf die Knie.

Wieder kam ihm das Wort ›Zeitvertreib‹ in den Sinn. Die Zeit vertrieb sich selbst, dachte er, wenn man sie nur gewähren ließ. Auf seinem Schreibtisch in Bombay lag seine Taschenuhr und tickte vor sich hin. Vielleicht war sie auch schon stehengeblieben. Es war eine gute Uhr. Sie sollte heim zu Mayer. Das musste man schnell noch den Engländern sagen. Morgen. Übermorgen. Bevor das letzte Fieber kommt. Elephanta. Bombay. Göttingen. Von Hannover ins Bremische. Belum, Belumer Wisch, Belumer Schanze und durch den Belumer Schlagbaum nach Hadeln. Geest, Moor und Marsch. Die bunten Tore der Höfe. Die bunte Kirche. Das flache, fette Land. Die fetten Kühe, die fetten Gänse, die fetten Schweine von Hadeln. Das Weihnachtsgebet, dass der Elbdeich nicht breche. *Charitas*, geschrieben mit *H*. Kommt man von einem Hof mit mehr als zwanzig Pferden, geht man zur Lateinischen Schule in Otterndörp. Man möchte es bei jedem Kirchgang verkünden, man möchte dazwischenschreien, wenn alle singen, *dat schrifft een nich mit H!* Auf Moses' Tafeln unter der Kanzel steht *I, II, III, IV, V, VI, VII, VIII, IX, X*. Das im Kopf immer sagen. Zahlen sind gut. Steht man morgens früh genug auf, kann man den ganzen Weg nach Otterndörp rennen. Niebuhrs Carsten ist der stärkste Junge im ganzen Kirchspiel. Das kommt davon, dass er Kuhmilch bekam statt der Mutterbrust. Er kann mit einem einzigen Gaul eine Egge ziehen. Er jammert nicht und stellt sich nicht an. Der Unterknecht wirft sechs Kätzchen auf den Mist und eine Schippe Mist obendrauf. Die gräbt man nach zwei Tagen aus. Fast alle leben noch, fünf gleich sechs minus eins. Die starken Kätzchen von Hadeln. Was soll man mit Kätzchen? Man bringt sie der mittleren Stüwers-Tochter, die aussieht wie der Posaunenengel. Was soll sie mit Kätzchen? Der Stüwers-Knecht wirft sie auf den Stüwers-Mist. *Fides. Justitia. Charitas.* Sich beim Lateinlehrer beschweren. Hinaufklettern, nachts, und es heimlich verbessern … Nach jeder guten Ernte machen die Großbauern in St. Jacobi mehr Schmuck hin. Mehr Gold. Mehr Rot. Mehr Bibel. Mehr Liebe. Der weite Himmel von Hadeln. Das nasse, graugrüne Land. Pökelspeck mit Grünkohl und Klüten. Die Eichen, die Weiden, der Sturm.

VI

»Ich halte mein Wort! Komm her! Kapitän!«

Niebuhr schrak hoch. Da marschierte der Perser über die Lichtung. Er trug seine hochhackigen Stiefel und den blauen Sternguckermantel und führte eine kleine weiße Ziege durchs Abendlicht. Sein Diener schleppte ihm einen Wassereimer nach.

»Ich habe eine gekauft! Ich spendiere eine zum Nachtmahl!« Wurde er einmal laut, so wurde er überaus laut. »Kapitän! Schläfst du? Komm mit!«

Lütte Zeeg? Niebuhr war noch in Hadeln. Bauch und Rücken taten ihm weh. Er rappelte sich mühsam auf und lief Meister Musa hinterher.

Musa führte die Ziege hinauf zum Plateau und von dort wieder ein Stück weit den Berg hinunter. Dort gab er Niebuhr den Strick, doch die Ziege wollte bei Niebuhr nicht bleiben. Sie schüttelte ihre langen Ohren und strebte heftig zu Musa zurück. Dieser hatte Dolch und Säbel abgelegt, auch Mantel und Untermantel; nun zog er das Hemd aus. Malik hängte Säbel und Kleider ordentlich an einen Busch. Den Dolch staunte er an, nahm ihn vorsichtig aus der Scheide und versteckte ihn hinter dem Rücken.

Niebuhr war so übel, dass er fortlaufen wollte, um sich im Gebüsch zu erbrechen. Dann wurde es besser. Die Ziege drängte sich an Musa. Er nahm ihre Ohren in beide Hände, streichelte ihren Hals, die Nase und die hohe knochige Wölbung auf der Stirn, dann trat er ihr mit der Stiefelkante die Vorderläufe weg und sie lag auf der Seite. Niebuhr hielt sie fest. Sie wehrte sich kaum. Mit gestrecktem Hals blickte sie verwundert gen Himmel. »Ist ja gut«, schnurrte Musa. »In Gottes Namen. Ist ja gut.« Malik gab ihm den Dolch und er schnitt der Ziege die Kehle durch. Sie zuckte, dann lag sie still.

Meister Musa hatte Abstand genommen, um dem ersten Blutstrahl auszuweichen, jetzt hockte er sich wieder hin. Er zog den Kopf der Ziege nach hinten, um die Wunde offenzuhalten. Niebuhr fragte sich, ob er ein Landkind war wie er selbst oder ob die Astronomen von Lahore stets eigenhändig das Abendbrot schlachteten, nach ihrer biblischen Art. Da wachte die Ziege noch einmal auf. Sie trat in die Luft und versuchte blubbernd zu blöken. Niebuhr wollte sie greifen, doch da erschlaffte sie schon. Ihr Blut lief den Abhang hinunter und sickerte in den Boden. Ein Luftzug strich durchs Geäst. Niebuhr war hungrig.

»*Badet die Bücher in rotem Wein, wascht die Wissenschaft von den Seiten!*« Meister Musa warf einen Stein nach den Affen. »Und bevor du zu fragen beginnst: Poesie. Persische Poesie in arabischer Sprache.« Er tauchte das letzte Stück Ziege in die Mangosauce und verspeiste es mit Genuss.

»Deck dich selbst, oh kleiner Tisch des Wunders«, sagte Niebuhr. »Geschichte aus meiner Heimat.«

In der Tat hatte Malik Wunder gewirkt. Nach langem Bemühen hatte er ein vorzügliches Essen serviert, das er ›unten bei den Leuten‹, wie Meister Musa alle Bereiche der Insel nannte, die außerhalb des beschlagnahmten Tempels lagen, liebevoll zubereitet hatte. Das Fleisch war kross gebraten, es gab Sauce und Hirsebrei, zum Trinken leider nur Ziegenmilch, dafür eine Decke, eine große Schale mit Feuer und Fettlämpchen für jeden.

Die Nische südlich des Schreins hatte Musa zum Speisezimmer erklärt. Ein hochbeiniges nacktes Paar mit markantem Hüftschwung stand in der Wand, umrahmt von fliegenden, betenden, auf die verschiedensten Weisen missgestalteten Wesen. Malik bestaunte die Brüste der nackten Frau. Niebuhr betrachtete den Zwerg, der sich ans Knie des nackten Mannes drängte. Im flackernden Feuerschein sah all dies so überaus schauerlich aus, dass er fast lachen wollte. Das Essen hatte ihm gutgetan.

Meister Musa nahm den Stein in Empfang, den ein Affe ihm brachte, und warf ihn nach dem nächsten. Seit es Nacht war, benahmen die Affen sich seltsam. Sie apportierten Steine und rangen die Hände und zitterten mit den Köpfen.

»Wie geht die Geschichte?«, fragte Musa.

»Welche Geschichte?«

»Die vom Wundertisch. Und warum dreht dein Fernrohr das Bild nicht um?«

»Es ist vom Galileo eines. Bei einem Galileo-Rohr ist das Glas, das am Auge sitzt, hohl und das vordere Glas erhaben. Das vom Kepler dagegen hat zwei erhabene Gläser. Und darum …«

»Ich hätte lieber die Geschichte. Dein Fernrohr gefällt mir nicht. Gib es Malik. Da kann er den Busen von Nahem begaffen.«

Als er seinen Namen hörte, riss Malik die Augen auf. Niebuhr suchte sein Teleskop.

»Gib's ihm nicht«, sagte Musa. »Und du lern Arabisch!«, herrschte er Malik auf Arabisch an. »Es ist eine Schande! Wie betest du eigentlich? Bla, bla und bla?«

Malik stammelte etwas auf Persisch und Meister Musa lachte ihn aus. Rechterhand warf ein Affe einen Stein nach einem anderen Affen und traf. Beide flitzten gemeinsam in ein Loch in der Wand und wurden vom Berg verschluckt.

»Beten Inder zu Tieren?«, fragte Niebuhr.

Musa seufzte.

»Sollte Malik nicht schauen, ob Schiffe fahren?«

»Nachts fürchtet er sich alleine.«

Malik begann eifrig im Feuer zu stochern.

»Wir haben es ja nicht eilig«, sagte Niebuhr sinnlos. Er starrte die Wand an. Jedes Mal, wenn er wegschaute, schien sich der Zwerg zu bewegen. Vielleicht war es der Feuerschein. Vielleicht hing auch ein Tier an dem Zwerg und atmete.

»Erzähl«, sagte Musa.

»Bitte um Vergebung?«

»Ich schlachte. Malik brät. Und was machst du, Kapitän? Du liegst und schwitzt oder sitzt und isst und fragst. Wahrscheinlich ist dir in Arabien alles misslungen, wie allen Europäern dort alles misslingt, und deshalb schämst du dich, davon zu erzählen. Bist du am Wundertisch auch persönlich gescheitert? Kannst du das auch nicht erzählen? Die Nacht wird lang, mein Sohn.«

»Ein Tölpel diente einst einem Ungetüm«, begann Niebuhr mühsam, »und das schenkte ihm zum Dank einen Tisch, der Essen zaubern konnte, und eine Keule, die Leute prügelte, und ein … ein Tier. Ich denke, ein Pferd. Nein, einen Esel. Der Esel zauberte auch.«

»Gott steh uns bei«, stöhnte Musa. »Was tust du zuhause, um dir die Zeit zu vertreiben? Sitzen, gaffen und schlafen, sobald die Sonne sinkt?«

»Die Zeit vertreibt sich selbst«, sagte Niebuhr.

»Du klingst wie ein Inder. Hast du Fieber?«

»Nein, ich …«

»Hab du nur kein Fieber.«

»Danke«, sagte Niebuhr verlegen.

Ein Affe hatte sich zu ihnen gesetzt und blickte kummervoll ins Feuer. Malik hinderte mit großer Ausdauer die Dochte der Lämpchen daran, im Fett zu versinken. »Alles muss man selber machen«, stellte Meister Musa fest. »So fange ich denn an und erzähle von mir.«

»Es würde mir zur Freude und Ehre gereichen«, erklärte Niebuhr steif.

Da verschränkte Meister Musa die Finger, ließ die Gelenke knacken und begann.

»Mein Vater, der sich später den Namen Scheikh Zayn ad-Din Qasim ibn Qasim ibn Lutfullah ibn Abdullah al-Munaggim verdiente, war aus niederstem Stande gebürtig und aus dem nördlichsten Norden des Reiches, wo die Stürme des mazandaranischen Meeres die Salzsteppen peitschen, aus einem Flecken, zu elend, um einen Namen zu haben, und fast am Ende der Welt. Nicht einmal Ziegen ernährte das Land und oft waren Bucheckern und die Wurzeln des Beifuß, die man zu einem schwarzen Brei zerstampfte, auf Monate die einzige Speise. Wenn die Tataren, die jahraus, jahrein mordend und brandschatzend über die Großen Bullenberge nach Westen ritten, einen ihrer Gäule totgepeitscht hatten, zerrte man den Kadaver fort. Selbst der zähen Zieselmaus stellte man nach. Im Sommer sengte die Sonne, im Winter lag die schlechte Welt unter Bergen von Schnee begraben …«

»Dürfte ich fragen, was du unter den Großen Bullenbergen verstehst?«, unterbrach ihn Niebuhr.

»Auf euren Karten steht Kaukasus«, sagte Meister Musa, »doch auf euren Karten spielt die Geschichte nicht. Gott hatte meinen Vater mit vielen Talenten gesegnet und nur Ihm ist zu verdanken, dass er nicht blöd und verhungert sein ganzes Leben im Land seiner Ahnen vertat. Seine Augen waren scharf wie die eines Adlers und von Geburt an verfügte er über mathematische Gaben. Da er auf eine halbe Meile erkennen konnte, wo sich ein Ziesel, ein Tatar, der sein Pferd totpeitschte, ein Tauwasserbach oder anderes, das von Nutzen war, auf der Steppe befand, schickte man ihn von klein auf als Späher aus und forderte ihn weit über sein Alter. Dennoch plagte ihn stets die Langeweile. Eines Tages, so erzählte er mir, leitete er alle sechs Normalformen der quadratischen Gleichungen aus der Krümmung seiner eigenen Knie ab, und zwar aus purer Verzweiflung. Nur der Himmel unterhielt ihn jede Nacht. Er studierte den Auf- und Untergang der Konstellationen und bildete die Phasen des Mondes mit angebissenen Bucheckern nach. Doch erst in seinem sechzehnten Jahr wendete sich sein Schicksal. Eines Tages, als das Morgenrot die Schneegipfel des Thronbergs vergoldete, machte er sich mit zweien seiner Brüder auf, um eine Pferdeleiche zu bergen, die er in weiter Ferne erspäht hatte, und furche nicht deine Brauen, Kapitän, denn wie der Thronberg auf Lateinisch heißt, kann und will ich dir nicht verraten. Sie erreichten den Kadaver und wollten schon Stricke um die Hinterfesseln knoten, um ihn fortzuschleifen, da merkte mein Vater, dass das Pferd noch lebte. Zwar war kein Herzschlag zu spüren, doch die Nüstern seufzten letzte Wärme aus. ›Gehen wir heim, Brüder, der Gaul ist zu schwer‹, sagte mein Vater. Aber die Brüder hörten nicht. ›Der Gaul ist über und über voll Maden, gehen wir heim und erwarten geduldig den nächsten‹, sagte mein Vater. Aber die Brüder machten sich weiter an dem Pferd zu schaffen. Da sagte er, ›schaut nur, Brüder, dort in der Ferne die Staubwolken, da kommen die Tataren geritten. Flieht zurück ins Dorf, und ich will mich hier verstecken und den Kadaver bewachen, und morgen, wenn die Reiter vorübergezogen sind, wollen wir ihn aushauen und braten.‹ Da liefen die Brüder zurück ins Dorf und mein Vater blieb bei dem

Pferd. Er brachte ihm Wasser aus einem Tauwasserbach, fütterte es mit zerrupften Beifußblättern, und in die tiefen Wunden, welche die tatarischen Dornenpeitschen geschlagen hatten, strich er mit Speichel vermischte Erde. Und noch bevor der nächste Morgen graute, hatte er das Pferd mit guten Worten und sanfter Gewalt dazu bewogen, sich zu erheben, und er konnte es hinter einen Felsen führen und dort verstecken. ›Jemand anderes hat ihn geholt, als ich geschlafen habe‹, sagte mein Vater, als die Brüder am nächsten Tag wiederkamen, um den Kadaver auszuhauen, ›es tut mir sehr leid, und zur Buße will ich drei Tage lang hier auf der Steppe bleiben und fasten.‹ Die Brüder murrten und zogen ab. Da pflegte mein Vater das Pferd gesund, dankte Gott, saß auf und galoppierte auf Nimmerwiedersehen davon. Und das ist alles für heute.«

»Danke ergebenst«, murmelte Niebuhr.

»Du musst rufen: ›Oh Meister, bitte, sprich weiter, verstumme doch nicht, du guter Erzähler, ich flehe dich an!‹«

»Oh Meister, bitte …«

»Ach Niebuhr«, seufzte al-Lahuri.

Er nahm die Tischdecke, die Malik ausgeschüttelt und gefaltet hatte, wickelte sich darin ein und legte sich auf die Seite. Malik, der schon im Sitzen geschlafen hatte, kippte lautlos um, kroch zu seinem Herrn und rollte sich bei ihm zusammen.

Niebuhr blieb mit dem Affen am Feuertopf sitzen. Er steckte mehr Holz hinein. Erst nach einer Weile verstand er, es war nicht der Affe, der bei ihm saß, nur ein Schatten in Affengestalt leistete ihm noch Gesellschaft. Er versuchte festzustellen, was diesen Schatten warf, doch er konnte es nicht finden. Sein Blick blieb an den Brüsten der steinernen Riesin hängen, die verführerisch, gnädig, grimmig oder gelangweilt auf ihn herabblickte, und bald starrte er sie mit großen Augen an wie zuvor der junge Malik. Kaukasus? Hat er daher die grünen Augen? Und warum jetzt auch noch Tataren? Er bekam die Tataren nicht los. Zu hunderten sah er sie über die Marschen reiten, und dann sah er das schmutzige Mädchen, das Großmama beim Gottesdienst störte, halb entblößt, absonderlich reizend, himmelhoch in der Wand.

Niebuhr stand auf. Er fühlte sich wie betrunken. Er nahm das letzte noch brennende Licht, beschirmte es mit der Hand und ging hinaus aufs Nordplateau, um sein Wasser abzuschlagen.

Der volle Mond stand hoch zwischen Regulus und Cor hydrae. Kepheus, Kassiopeia, Andromeda versanken unter Polaris. Die Milchstraße war schön zu sehen. Das hätte Mayer gefallen. Mayer liebte die Milchstraße aus vollends unwissenschaftlichen Gründen, und er hasste jeden, besonders die Franzosen, der nachts in Göttingen Licht machte und ihm die Milchstraße verdarb. Die gute Seele, dachte Niebuhr verstört.

Er schlug sein Wasser ab. *Pisst du noch Blut, Kapitän?* Das Mondlicht verschluckte die Farben, doch gesundes Wasser sah anders aus. Ob Mayer noch lebte? Die Post kam nie an. Man starb nicht nur in Arabien. Man starb in Göttingen, man starb in Bremen, man starb auch in Lüdingworth, da brachten die Nachbarn viel Essen vorbei und dann ging's auf den Friedhof.

Niebuhr setzte sich hin und starrte hinauf in den Himmel. Cramers dicke, glatte Zunge. Ob er am Schluss daran erstickt war? Jeden Tag mehrmals hatte er Cramers Zunge so weit es ging aus dem Mund gezogen, um das zu verhindern, aber gestorben war Cramer allein. Ich will einen Pfarrer, dachte Niebuhr. Ich will, dass das seine Richtigkeit hat. Ich will ein Gelübde ablegen. Wenn ich das überlebe, so will ich … so will ich … ich fahre nach Mekka mit diesem Mann, laufe erhobenen Hauptes hinein und küsse den heiligen Stein. Keiner wird mir's verwehren. Ich fahre nach Hause. Ich bleibe auf immer dort. Ich kaufe Land von dem dänischen Geld und mache mehr Schmuck hin in St. Jacobi. Er holte tief Luft. Sie wollte nicht recht in die Lungen hinein. Ob Michaelis noch lebte? Das stünde in allen Zeitungen, wenn Michaelis gestorben wäre. Als ob es in Hindustan Zeitungen gab. Wenn es nur nicht so lange dauert. Niebuhr würgte. Warum kommt kein Schiff nach Elephanta? Wer ist der Dämon in der Tempelwand? Das Böse? Einer, der das Böse vernichtet, etwa wie der Erzengel Michael? Er versuchte es tröstlich zu finden, dass er nicht an die Hölle glaubte, doch würgte er nur immer weiter. *Inder beten zu allem.* Er griff nach einem struppigen Kraut, das zu seinen Füßen wuchs, und versuchte es auszureißen. Es wurzelte zu fest. Er zerrte daran. Es schnitt in seine Finger. Ich möchte, dachte Niebuhr, zu etwas beten, das ich anfassen kann. Ihm kamen die Tränen. Er schämte sich. Dann übergab er sich.

»Schläfst du?«, flüsterte der Kapitän.

Musa al-Lahuri fuhr aus dem Tiefschlaf hoch. Da hockte der Bursche vor dem Feuertopf und stopfte mit beiden Händen Holz hinein. Er hatte einen großen Arm voll Holz in den Tempel geschleppt. Es war noch lange hin bis zum Morgen.

»Nein«, sagte Musa. »Kein vernünftiger Mensch kann schlafen in diesem indischen Zauber.«

»Erzählst du mir weiter?«

»Jetzt?«

»Falls du nicht schlafen kannst?«

»Gut. Lass das Feuer in Ruhe. Es raucht und stinkt.«

Der Kapitän ließ sich nieder.

»Wo waren wir stehengeblieben?«

»Dass dein Herr Vater fortgaloppierte auf Nimmerwiedersehen.«

»Gut.« Und Meister Musa erzählte weiter, mit gedämpfter Stimme, um Malik nicht aufzuwecken.

»Mein Vater galoppierte fort auf Nimmerwiedersehen *und in Freiheit erhob er hoch sein Haupt gleich der Zypresse,* wie der Dichter sagt. Ohne innezuhalten ritt er Tag und Nacht gen Süden und erreichte schließlich die berühmte Stadt und Festung Bab asch-Schabran an den Ufern des Flusses Schabran und am Fuße des Fünffingerberges. Er stellte sein Pferd bei ehrlichen Leuten unter und durchstreifte wie im Traum die fremden, prächtigen Straßen. Seine Ansehnlichkeit und sein bescheidenes Wesen bewogen eine Dame, die mit ihren Mägden auf den Markt ging, ihm Essen und ein Gewand, eine Kappe und ein Turbantuch zu kaufen; Essen, wie er es noch nie gegessen, und ein Gewand, eine Kappe und einen Turban, wie er sie selbst im Traum noch nie getragen hatte.

Westlich des Flusses, im Schatten der Zitadelle, lag die Münze von Bab asch-Schabran. Dort stellte man das Kupfer- und Silbergeld für den Khan von Schirwan her. Da mein Vater die Stadt kurz vor Neujahr erreichte und zu jedem Neujahr alles Geld seinen Wert verlor, herrschte unter den Münzmachern große Aufregung und sie jammerten und klagten überall auf dem Basar. Schon war das letztjährige Geld zum Einschmelzen geliefert und stand in großen Säcken um die Münze herum, und noch wussten die Schmiede nicht, wie sie legieren, die Stempelschneider nicht, wie sie prägen sollten, und die Arithmetiker nicht, wie die neue Währung zu stückeln sei; denn der Khan von Schirwan verlangte, dass jedes Jahr auf spannende Weise neu gestückelt wurde, da dies die Kaufleute verwirrte und damit den Handel belebte. Die Ansehnlichkeit meines Vaters und sein neues Kleid führten dazu, dass ihn die Münzmacher unter sich duldeten und er von all ihrem Leid erfuhr. ›Oh, oh, was sollen wir prägen?‹, riefen die Stempelschneider. ›Ach, ach, wie sollen wir nur die Öfen beschicken?‹, schrien die Schmiede. ›Oh Gott! Wie sollen wir den Panabad zum Schahi valvieren! Zwanzig? Vierzehn? Vierzehn plus Nimpanabad? Gott steh uns bei!‹, jammerten die Arithmetiker. Obwohl er noch nicht einmal das Lesen und Schreiben beherrschte, erfasste mein Vater dies alles sofort. Und nach zwei durchwachten Nächten verriet er den Schmieden eine Beschickungsformel und den Arithmetikern eine arithmetische Formel, wonach die Legierungen und Stückelungen des nächsten Jahres und jedes darauffolgenden Jahres so festgelegt werden konnten, dass sich nichts wiederholte und nie auch nur die geringste Menge Metall verschwendet wurde. Zuerst lachte man ihn aus. Dann prüfte man nach und staunte, und schließlich entschied man, sich in fast allen Belangen der nächstjährigen Prägung von seinen Formeln leiten zu lassen. Der Münzmeister ließ ihn reich beschenken, und ihm zu Ehren punzte man die Silbermünzen mit einem Pferdekopf und die Kupfermünzen mit einer Zieselmaus. Doch schon sehnte sich mein Vater nach neuen Abenteuern. Er sattelte das Tatarenpferd und ritt ins Ungewisse davon. Als er einige Tage geritten war, traf er auf eine Kompanie des Schahs, einen Haufen von tausend Mann mit Reitern, Musketieren und Fußvolk, der gegen den Khan des Russenvolks zog. Die Truppe hatte sich in der Steppe verirrt und lief dort dauernd im Kreis, weshalb mein Vater, der inzwischen schon ein guter Sternkundiger war, dem General erklärte, wo er sich befand, wofür ihm dieser sehr dankte. Und um Schutz und Geleit zu haben, und weil er ohnehin in dieselbe Richtung ritt, schloss er sich der Truppe an.«

»Russenvolk?«, fragte Niebuhr. »Wollte er wieder nach Hause? Dort hatte es ihm doch nicht gefallen.«

»Nein, Kapitän«, sagte al-Lahuri, »und sosehr es mich freut, wie gut du auf alles achtgibst: Ich habe mich nicht in der Richtung getäuscht. Die Russen nisteten überall, im Süden, Osten, Westen und Norden, und du könntest nach ihnen keine Karte zeichnen, weil sie sich ständig bewegten. Eines Nachts also, als die Krieger und mit ihnen mein Vater auf der Ebene lagerten, kroch er aus dem Zelt, um die Planeten und Konstellationen zu studieren, was oftmals sein Herz erhob. Da fand er einen jungen Pagen, der im Schein der Milchstraße eine Muskete reinigte und dabei herzzerreißend weinte. ›Was weinst du so schrecklich, du guter Junge?‹, fragte mein Vater. ›Ach‹, schluchzte der Page, ›es ist doch so dunkel, und ich werde die Teile des unseligen Schießgewehrs, wenn ich sie endlich gereinigt habe, nie wieder ordentlich zusammensetzen können, weil ich sie nicht erkennen kann. Und doch muss ich die Arbeit nachts tun, denn täte ich sie, wenn es hell ist, würden alle sehen, wie schlecht ich es mache, und mich auslachen und bestrafen.‹ Da setzte sich mein Vater zu ihm, denn wenn er ihm schon nicht helfen konnte, da er nichts von Musketen verstand, so wollte er ihm wenigstens Gesellschaft leisten. Selbst im Sternenlicht war der Page eine Augenweide. Sein tränenbenetztes Gesicht schimmerte wie Milch und Perlen und er war barhaupt und trug das Haar noch lang wie ein Knabe. ›Guter Junge‹, fragte mein Vater, ›wer hat dich nur in den Krieg geschickt? Du scheinst mir zu zart dafür.‹ ›Das hast du richtig erfasst!‹, rief der Page. ›Ich war Mundschenk eines Wesirs im Diwan des Schahs zu Isfahan! Doch jemand verleumdete mich und ich fiel in Ungnade und sie steckten mich in die Armee! Gott steh mir bei, was soll bloß aus mir werden!‹ Und so klagte er immer weiter. Mein Vater hatte inzwischen die Muskete gereinigt und mehr schlecht als recht wieder zusammengesetzt, und dabei weinte er ebenso bittere Tränen wie der Page. Endlich graute der Morgen und sie mussten sich trennen. Und wie du dir denken kannst, Kapitän, der du mit allen militärischen Belangen vertraut bist und gewiss schon erlebt hast, wie schnell und schutzlos ein Soldatenherz in Freundesliebe entbrennt, waren sie bald unzertrennlich. Mein Vater ließ den Pagen aus Isfahan auf der Kruppe seines Pferdes reiten, und wenn man nachts das Lager aufschlug, lagen sie zusammen unter den Sternen und erzählten Geschichten.«

»Ich bin kein Soldat«, unterbrach ihn Niebuhr mit einiger Dringlichkeit, »das habe ich dir schon zehnmal gesagt, um Gottes willen, halten zu Ehren!«

»Hast du eine Frau?«

»Nein! Doch das tut nichts zur Sache!«

»Jetzt darfst du wieder Holz ins Feuer stecken«, sagte Meister Musa leutselig und fuhr fort: »Von all seiner Liebe war mein Vater so durcheinander, dass er nicht mehr wusste, in welcher Richtung man ritt, ob nach Südwest, wo die Mündung des Bocksflusses lag, oder nach Westen zum Meer oder etwa nach Norden und direkt ins Große Bullengebirge hinein, wie du vorhin sehr richtig vermutet hast; doch all dies scherte ihn nicht, denn sein Geist war über und über mit Rosen besteckt und konnte sich für Windrosen nicht mehr erwärmen. Der Page aus Isfahan merkte, wie verrückt er meinen Vater machte. Da nahm er sich endlich ein Herz. Und eines Nachts führte er ihn weit weg vom Lager, damit niemand sie hören konnte, selbst wenn sie laut schrien, und setzte sich mit ihm in den Staub. Und der Page begann zu stammeln und zu stottern und erbebte am ganzen Leib. Da fragte mein Vater: ›Was stammelst und stotterst du so, mein geliebter Freund, was ist dir widerfahren?‹, und wollte seine Hand nehmen und ihn an seine Brust drücken. Doch der Page rückte von ihm ab und begann zu weinen. ›Was weinst du schon wieder, guter Junge?‹, fragte mein Vater. Da stieß der Page einen tiefen Seufzer aus und schrie, ›Gott steh mir bei, oh Freund meines Herzens, wir dürfen uns nicht mehr lieben! Ich bin die jüngste Tochter der jüngsten Frau des Oberkämmerers des Großwesirs des Schahs zu Isfahan und furchtbares Unrecht ist mir widerfahren! Oh schau mich nicht an! Was für eine schlimme Geschichte!‹ Da staunte mein Vater sehr. Er wandte sich schnell ab und bedeckte seine Augen mit den Händen. Und dann begannen beide zu weinen. Endlich hatte sich meine Mutter so weit beruhigt, dass sie Atem schöpfen konnte, und unter vielen Tränen und Seufzern begann sie ihre Geschichte zu erzählen. Und die kommt später. Und jetzt du.«

Das war zu schnell gegangen. Al-Lahuri schaute belustigt zu, wie Niebuhr im Geist übersetzte und sich alles zusammenreimte, wie nach geraumer Zeit ein Lächeln sein Gesicht erhellte und wie dieses Lächeln allmählich wieder verschwand, bis er endlich fragte: »Jetzt ich? Meinst du mich?«

»Denkst du, ich rede mit dem?« Meister Musa zeigte mit dem Daumen die Tempelwand hinauf. »Du, Kapitän. Erzähl mir von dir. Erzähl mir von deinem Vater.«

»Von meinem Vater?«

»Du kannst auch die Geschichte meiner Mutter weitererzählen, wenn du das vorziehst«, stöhnte Musa, »nur wage ich zu bezweifeln, dass du allzu weit kommst.«

»Mein Vater ist ganz und gar nicht interessant!«

»Jedermanns Vater ist interessant. Erzähl. Das gebietet der Anstand.«

Niebuhr schwieg. Vielleicht kannte er das Wort ›Anstand‹ nicht. Er hatte die Zähne aufeinandergebissen und dachte sehr angestrengt nach. Nach geraumer Zeit wiederholte Musa: »Anstand, jawohl«, in drohendem Ton. Und endlich fand sich Niebuhr bereit zu erzählen.

»Mein Vater Barthold Niebuhr, Gott habe ihn selig«, begann er unfroh, »wurde im Jahr 1704 unserer Zeitrechnung in Lüdingworth-Westerende im Sietland Hadeln geboren, welches eine Gegend Almanyas ist. Wo sie nicht sumpft, ist sie fruchtbar. Das Vieh wird groß und fett. Man sagt in Almanya, ›fett wie eine Kuh aus Hadeln‹. Das bedeutet ›überaus fett‹. ›Sietland‹ bedeutet ›sehr tief und sehr flach‹. Mein Vater, wie seine Väter vor ihm, war freier Bauer. Als die Zeit kam, heiratete er Cäcilia. Die bekam zwei Kinder, meine Schwester und mich, worauf sie dahinging. Da heiratete er die Witwe des Muftis von Olenbrook. Mit der hatte er noch einen Sohn. Dann ging sie dahin. 1749 ging mein Vater dahin. Da war ich fünfzehn. Der Hof fiel an meine Schwester. Mein Halbbruder und ich wurden ausgezahlt. Das war nicht viel Geld. Da war das Bequeme meiner Kindheit vorbei. Mein Vater war …«

Niebuhr stockte. Er hatte immer schneller gesprochen. Sein Arabisch wurde immer besser, je länger er auf Gharapuri war. Am Schluss hatte er so schnell gesprochen wie ein Süßkramverkäufer, der Süßkram ausruft und dabei an etwas ganz anderes denkt.

»Mein Vater war ein braver Mann«, fuhr er langsamer fort, »und wenn es Zeit zum Dreschen war, drosch er von früh bis spät mit den Knechten und sang dabei immer dasselbe Lied. Ich erinnere mich nicht, welches Lied das war. Er war ein tüchtiger Bauer. Und mehr gibt es nicht zu erzählen.«

Musa lächelte.

»Mehr gibt es nicht zu erzählen!«, wiederholte Niebuhr trotzig.

»Mein Vater, Gott habe ihn selig«, meinte Musa nach einer Weile, »wurde in Lahore geboren. Sein Vater wiederum war Tuchhändler in Torbat. Dieser folgte dem alten Brauch, was den Jüngern Alis missfiel, weshalb seine halbe Familie den Tod fand. Da ging er nach Hindustan und fand in Lahore Zuflucht. Mein Vater war meines Großvaters ältester Sohn.«

Niebuhr starrte ihn an.

»Das war mir zu umständlich zu erklären«, sagte Musa.

»Nein!«, rief Niebuhr. »Und deine Mutter?«

»Aus Lahore.«

»Deine Mutter war nicht …«

»Das hat dir gefallen. Und nein. Sie war kein Krieger. Obwohl … Du hättest sie sehen sollen, wenn man ihr nicht gehorchte!«

Niebuhr war für Scherze nicht zu haben. Seine Stirn war gefurcht, als habe man alle vier Himmelsrichtungen vor seinen Augen vertauscht und die Gebirge im Meer versenkt. Dann rief er: »Du lügst wie gestempelt, pfui Schande, pfui schäm dich!«

»Ich sehe ihn vor Augen«, sagte Musa, »deinen braven Vater auf seinem flachen Land.«

Niebuhr stocherte im Feuer und murmelte vor sich hin.

»Verwünschst du mich in tiefste Verdammnis?«, fragte Musa belustigt. »Warum merkst du nicht, wenn jemand lügt?«

»Wie soll ich das merken?«

»Siehst du das nicht? Siehst du das tagsüber auch nicht?«

»Wie soll ich das sehen?«

»Man sieht es am Gesicht und man hört es an der Stimme. Und du dachtest, meine Mutter, Gott habe sie selig …« Er begann plötzlich schallend zu lachen.

»So komisch ist das nicht!«

»Ich lache über meine Familie.«

»Warum?«

»Wenn ich erzähle, was du von meiner Mutter dachtest, werden sie sich tagelang freuen!«

»Sie war doch gar kein Soldat! Ich denke doch nichts von ihr! Und was willst du wem erzählen?«

»Meiner Familie. Die ganze Geschichte natürlich. Von Gharapuri, und wie kein Schiff kam, und von dir, der du nie in Makkah warst, und was ich dir nachts erzählte und wie du schriest: ›Du lügst wie gestempelt.‹ Der Ausdruck gefällt mir.«

»Warum erzählst du das alles«, fragte Niebuhr, »und wann?«

»Zuhause in Jaipur. Wenn ich wieder zuhause bin. Man muss, wenn man gereist ist, zuhause davon erzählen!«

Niebuhr schwieg. Meister Musa sah ihm beim Schweigen zu. Niebuhrs Angst kroch zu ihm herüber, um ihn anzustecken. Das wollte er nicht erlauben.

»Ihr lügt nie und ihr erzählt euch auch nichts, in *Lüdingworth-Sietland-Hadeln*?«

»Jaipur?«, fragte Niebuhr.

»Dort lebe ich, ja.«

»Ich dachte, Lahore?«

»Mein Vater war Astronom des Fürsten von Jaipur und ich folgte ihm nach.«

»Ist das die Wahrheit?«

»Hörst du das nicht?«

»Nein! Allbarmherziger Gott!«, rief Niebuhr.

Meister Musa schaute ihn an. Dann schaute er Malik an, der tief und unruhig schlief, und dann wieder Niebuhr. Er dachte nach. Die Nacht war noch längst nicht zu Ende. Musa al-Lahuri stocherte im Feuertopf und legte Holz nach, dann fragte er: »Kapitän, willst du schlafen?«

Niebuhr schüttelte den Kopf.

»So erzähle ich dir von Jaipur.«

»Jetzt habe ich es gehört.«

»Was hast du gehört?«

»Dass du lügst und lügen wirst.«

»Gut.« Musa ließ seine Fingergelenke knacken und begann zu erzählen.

VII

»Weit nordnordöstlich von hier, in einem bergigen, sandigen Land, lebte einst ein indischer Fürst mit Namen Jaisingh ibn Vishnu ibn Ram von Amber. Schon im zarten Alter bestieg er den Thron und führte sodann jahrzehntelang Krieg. Viele siegreiche Schlachten schlug Fürst Jaisingh. Er stritt zu Jajau neben Bidar Bakht, er zeichnete sich aus zu Khelna, er schlug Sayyid Hussain vor Sambhar aufs Haupt und bei der berühmten, verwickelten Schlacht, die man im Schwemmland von Agra austrug, focht er mit fünftausend Mann abwechselnd für beide Parteien. Schön ist der Krieg, *die karminrote Salbe des Landes*, wie der Dichter sagt – er ist dein Beruf, Kapitän, meiner nicht, Gott sei Dank –, doch in all diesen Jahren galt Fürst Jaisinghs Liebe und Trachten nichts als den Sternen und ihrer Mathematik. Deshalb beschloss er, als die Zeiten ruhiger wurden, eine Stätte zu errichten, an der die Weisen und die Praktischen, die Denkenden und die Rechnenden, die besten indischen Astronomen von Hindustan, die besten persischen Astronomen von Hindustan und noch allerlei sonstige Gelehrte, die überall aus dem Ausland herbeigeholt werden sollten, gemeinsam und ungeachtet all ihrer Zwietracht den Himmel vermessen und die Tagestabellen und Kalkulationen aller Gestirnspositionen eintragen, ergänzen, verbessern und in allen Einzelheiten bedenken und miteinander besprechen sollten. Aus Gründen, über die viel gerätselt wurde, bestimmte Fürst Jaisingh einen windigen

Flecken unweit Ambers, der vollends leer und sternenkundlich ganz ohne Belang war, als Bauplatz für diese astronomische Stätte. Und damit sie nicht einsam im Sand stand und damit das Juwel eine Fassung bekäme, verfügte er, ringsumher eine Stadt zu erbauen, die er sehr zu lieben beschloss. Darum benannte er sie nach sich selbst und nannte sie Jaipur. Und bevor noch die Vermessungsstätte gebaut, bevor das erste Instrument errichtet war, lange noch, bevor der Jhotwara-Kanal das üble Land bewässerte, bestimmte Fürst Jaisingh schon die Astronomen, die hier arbeiten sollten, und unter denen, die er bestimmte, war mein Vater, Ustad Zayn ad-Din Qasim ibn Qasim al-Munaggim, der in Lahore lebte und dessen Ruf weit und breit erscholl. Schweren Herzens, denn Lahore war eine bequeme, rechtgläubige Stadt und er hatte dort ein gutes Auskommen, entschloss er sich, Fürst Jaisingh zu gehorchen. Er stellte seine Familie vor sich hin, meine Mutter, meine Brüder und Schwestern und mich, und wollte eben zu erklären beginnen, wohin die Reise gehe, als ihn das Mitleid ergriff. Was konnten meine Mutter, meine Brüder und Schwestern dafür, dass Jaisingh von Amber die Sterne liebte und nach Persern verlangte, die etwas von diesen verstanden? ›Ach‹, sagte mein Vater, und er wählte unter seinen fünf Söhnen nur mich aus, ihn zu begleiten, vielleicht, weil er mich für furchtlos hielt, vielleicht, weil ich von allen am schnellsten dachte und sprach, oder vielleicht auch nur, weil ich nicht sein Ältester und nicht sein Lieblingssohn war. Seine Wahl ehrte mich. Ich stand in meinem zehnten Jahr. Mein Vater vertraute die Familie meinem Onkel an und wir verließen Lahore, mit all unseren Büchern, Tafeln, Papieren, Sphären, Kreisen, Halbkreisen, Viertelkreisen, Höheninstrumenten, Azimutinstrumenten, Passageninstrumenten und mit vielen Planetarien und Astrolabien und einem schönen parallaktischen Lineal nach Ptolemaios, in gepolsterte Kisten verpackt und auf Kamele verladen, und wir reisten und reisten, bis wir endlich die Stadt Amber erreichten. Wie der Zufall es wollte, feierte man dort ein hohes Fest. Halbnackte Menschen kamen singend und schreiend die Straße entlang, wo wir standen, mit Fahnen und Wimpeln, zu Gebilden geballten Blüten und bunten Stangen mit Schlangen daran, und dahinter kam der rappelnde, klingelnde Divyaratha des Krshna Govinda gefahren, den zwei großgeblümte Elefanten zogen, und darauf folgten weitere Menschen mit Flöten, Peitschen, Trommeln, großen und kleinen Schneckenhörnern, großen und kleinen, schlafenden, erwachenden und unruhig werdenden Schlangen, und auf bunten Gestellen, die man hoch in der Luft auf Stangen balancierte, schwankten die Bilder des Krshna Kaliyajit, den man heute feierte, denn *nagamashvamivarudhas codayamasattamhatat*, wie es in den Geschichten heißt.«

»Ich kann dir nicht folgen«, stellte Niebuhr fest.

»Sorge dich nicht um die Einzelheiten.« Meister Musa lächelte. »Ich verbreite nur indische Stimmung, damit du dich indisch fühlst.«

»Ich fühle mich überaus indisch. Und dann?«

»Die Stadt Jaipur«, fuhr Musa fort, »bestand damals erst aus zwei Häusern, worin die Astronomen wohnten, die Inder im ersten, die Perser im zweiten, und aus einem dritten, kleineren Haus für die Architekten. Jaipur, wie der Fürst es wollte und wie die Architekten es planten, ist vor allem eines: regulär. Wie Cartesius' Skizzenbuch sieht es aus.«

Mit der Dolchspitze zog er ein paar Linien in den Staub, ein orthogonales Raster. Niebuhr beugte sich darüber, um es in der Dunkelheit erkennen zu können. Fast berührte er den Boden mit der Nase. »Schon gut«, sagte Musa.

»Cartesius? Habt ihr den Cartesius?«

»Wer – ›wir‹?«

»Ihr Perser … und Inder …«

»Wir haben sogar den Kopernikus«, meinte Musa milde. »Den schleppten die Portugiesen an. Dann versteckten sie ihn unterm Bett. Das war die größte Leistung, die Europäer in Jaipur vollbrachten: Den Kopernikus anzuschleppen und zu verstecken. Manchmal, erzählten die Inder, zogen sie ihren Kopernikus nachts heimlich hervor und vollführten Exorzismen darüber und machten einen großen Zauber darum. Man fragt sich, warum sie ihn nicht in Europa ließen. Kopernikus ist nicht sehr hilfreich.«

»Nicht hilfreich? Kopernikus, und später Kepler und Galileo …«

»… und vor ihnen at-Tusi und nach diesem al-Quschdschi«, seufzte Meister Musa, »und es hilft mir dennoch nicht bei der Arbeit. Ich betrachte und berechne die Sterne. Ich fliege nicht durch die Luft wie ein Vogel und schaue mir alles von oben an. Was will mir die Theorie? Du fürchtest sie nicht, Kopernikus und Kepler?«

»Nein!«, rief Niebuhr. »Die Erde bewegt …«

»Du bist ein miserabler Christ«, fiel ihm Meister Musa ins Wort, »doch es ist nicht an mir, das zu ändern.«

»Ich bin kein miserabler Christ!«, rief Niebuhr empört.

»Du betest nicht einmal, wenn du an des Todes Pforte stehst. Du bist der miserabelste Christ aller Christen.«

»Was weißt du …«

»Ich saß daneben. Da kam nichts außer ›Mama‹ und ›Hilfe‹.«

»Ich sprach Deutsch, als ich krank lag, nehme ich an, mit Verlaub!«

»Und ich kann ›Mama‹ und ›Hilfe‹ von einem Gebet unterscheiden, in jeder Sprache der Welt.«

Meister Musa saß vom Feuerschein umflackert und lachte lautlos vor sich hin.

»Kopernikus und Kepler ...«, begann Niebuhr erneut.

»Die Inder«, unterbrach ihn Musa, »erzählen eine Geschichte, und die geht so: Vor sehr langer Zeit, als die Erde noch unbewohnt war, fand sich ein großer Dschinn bereit, sie zu bevölkern. Er schuf ein Wesen, das der Vater aller späteren Wesen werden sollte, und er schuf es aus einem Tropfen Schweiß und war schlampig und plante nicht gut, und so wurde das Wesen viel zu groß, und es wurde sehr hungrig und begann alles zu fressen, dessen es habhaft werden konnte, Sterne, Planeten, die lockeren Säume des Himmelszelts, und dann jagte es brüllend dem Dschinn hinterher, der es geschaffen hatte, um auch den zu verschlingen, und ein heilloses Elend entstand. So beschloss der Diwan der Dschinnen, der oben im Himmel beisammen saß, das Wesen zu töten. Sie fingen es ein und schmissen es mit aller Kraft auf die Erde. Dort klatschte es nieder und klebte fest, flach wie ein Frosch, über den ein Wagenrad rollte, und sein Abdruck ergab ein perfektes Quadrat, das exakt in die vier Richtungen der Windrose zeigte. Selbst die Teile, die an lebendigen Körpern gemeinhin in Bogen und Kurven wachsen, hatten sich beim Aufprall des Wesens in rechte Winkel verwandelt. So war das Monstrum gebändigt. Und alles war gut. Und dies ist der Ursprung der Mathematik.«

Niebuhr stand auf. Er blickte die Wände hinauf mit all den stillen, großen, zerstörten Gestalten daran.

»Sie bedecken die Flächen mit Chaos, damit man die Geometrie ihres Bauwerks nicht sieht«, sagte Musa.

»Warum?«

»Setz dich.«

Niebuhr setzte sich hin.

»Der indische Hauptastronom von Jaipur«, sagte Musa nach einer Weile, »hieß Jagannatha. Er war der Lehrer des Fürsten, weshalb man ihn Guru nannte. Ein Guru ist einer, der die Weisheit unterrichtet und die großen Opfer leitet. Während mein Vater die astronomischen Instrumente baute, die Fürst Jaisingh befohlen hatte – den Sonnenzeiger, den Mauerquadranten, den Azimut-Yantra, die hemisphärische Uhr –, saß Guru Jagannatha im Schatten und dachte nach oder schlief oder beides. Immer wenn der Schatten gewandert war, hob ein Diener ihn auf und trug ihn ein Stück weiter, denn Guru Jagannatha war klein und leicht wie ein Kind. Die astronomischen Instrumente von Jaipur sind groß. Sie sollten sehr groß sein, bestimmte der Fürst und bestimmte mein Vater, damit die Differenz zwischen Messinstrument und Gemessenem verringert würde. Man kann kein Lineal am Himmel anlegen, um die Höhe eines Gestirns zu bestimmen; so baut man in seiner Verzweiflung wenigstens einen Azimutalkreis hin, der höher ist als zwei Elefanten. So sagte Guru Jagannatha, wenn er aus dem Schlaf erwachte und meinen Vater bauen sah: ›Oh, Verzweiflung.‹ Und er schaute herüber zu mir und verzog seinen Mund zu fast einem Grinsen. Ich schaute weg, wie es die Vorschrift verlangte, und dann sagte Jagannatha zu Vater: ›Bau hoch, Lahuri, so gibt es mehr Schatten‹, schloss die Augen und schlief wieder ein. Er schlief viel. Er war hundert Jahre alt. Eines der großen Opfer, die er einst geleitet hatte, verlieh Unsterblichkeit, sagten die indischen Kinder. Ich fürchtete und liebte Guru Jagannatha. Ich fürchtete ihn ein wenig und liebte ihn sehr. Ich erinnere mich, wie sie die astronomischen Bücher schrieben, später, als die Instrumente schon standen und Jaipur schon fast eine Stadt war: Vater an einem Tisch, Jagannatha an einem zweiten, beide umgeben von ihren Helfern und Dienern, den persischen Helfern und Dienern, den indischen Helfern und

Dienern, und Vater schrieb auf Persisch und Jagannatha schrieb auf Sanskrit. Ihre Tische standen weit auseinander und ich rannte dazwischen umher. Ich rannte und tollte und spielte in dem sehr großen Zwischenraum zwischen den beiden Tischen, den die Vorschrift befahl, und ich wunderte mich, dass sie das zuließen, denn ich war schon fast zwölf, und wenn man ›los‹ zu mir sagte, spuckte ich den halben Euklid aus. Ich wunderte mich über alles, jeden Tag, jede Nacht. ›Es ist ein Rätsel und du musst es nicht lösen‹, sagte Guru Jagannatha zu mir. ›Der Heide und ich, wir schreiben dasselbe Buch für den Fürsten, nur in zwei verschiedenen Sprachen‹, erklärte mir Vater. ›Dein Vater und ich‹, sagte Guru Jagannatha, ›wir schreiben zwei Bücher und sie sind nur ein einziges Buch und haben sehr wenig miteinander zu tun.‹ Dann spielte er, während Vater im Meridiankreis saß und den Himmel vermaß, ein schönes Brettspiel mit mir. Er ließ mich gewinnen und ich ließ ihn gewinnen, und das führte dazu, dass das Spiel nicht gelang und nie zu Ende ging. Als ich ihn ganz auswendig konnte, redete mir Jagannatha den Euklid wieder aus. Darauf redete er mir den Krshna Govinda ein und redete ihn mir wieder aus. Guru Jagannatha hatte viele Frauen und Kinder, doch ich war sein Lieblingssohn. Er besaß einen Mantel aus schwarzem Antilopenfell, an dem noch die Hörner hingen; darin trug man ihn zu den großen Opfern. Jahrelang dachte ich, wenn ich ihm diesen Mantel stehle, kann ich fliegen und sehe von oben, dass alles ein Rätsel ist. Vater hatte sehr viel zu tun. Er lehrte mich, Astrolabien zu schmieden, die in die Handfläche passen, und lehrte mich die persische Astronomie. Ich nenne die Planeten noch heute mit ihren indischen Namen. Guru Jagannatha war mein Freund. Er war der klügste Mensch, der je meinen Lebensweg kreuzte. Berührte er meinen Schatten, musste er nachher baden.«

Niebuhr schwieg. Nach einer Weile sagte er, »Ich kann dir nicht folgen.«

»Berührte er meinen Schatten, musste er nachher baden«, wiederholte Musa langsam und deutlich.

»Ich verstehe dich nicht.«

»Hörte ich Jagannathas Geschichten, musste ich nachher lügen«, sagte Musa. »Verstehst du dieses?«

Niebuhr saß da und schwieg, mit ausdrucksloser Miene.

»Was?«, fragte Musa.

Niebuhr blickte ins Feuer, hinauf zu den Wänden und dann, nur kurz, in Musas Gesicht. »Ich hasse sie«, sagte er leise, »ich hasse die Religion.«

Malik schrie auf. Er fuhr hoch, sprang auf die Füße, taumelte und fiel auf sein Hinterteil. Er verbarg das Gesicht in den Händen.

Musa sprach Persisch zu ihm. Malik gestikulierte ins Dunkel, dann hielt er sich wieder die Augen zu.

»Hat er schlecht geträumt?«, fragte Niebuhr.

»Nein, nein, nein«, wimmerte Malik auf Arabisch.

»Spricht er doch Arabisch?«

»Nein«, sagte Musa.

»Nein! Nein!«, rief Malik auf Arabisch. Er war wieder aufgesprungen und trat auf der Stelle, als wolle er weglaufen und ein Fluchtweg sei nirgends zu finden.

Niebuhr war ebenfalls aufgestanden. Malik wich zurück vor ihm, als sei er ein Trugbild aus seinen schlimmen Träumen. Er wich immer weiter zurück, fast bis zur Wand. Dort scheuchte er eine Fledermaus auf, die sich aus der Armbeuge eines steinernen Wesens löste und in die Finsternis flog.

»Es gibt nicht Können noch Kraft außer in Gott«, sagte Niebuhr.

Es fruchtete nichts. Malik wimmerte. Alle Affen waren erwacht. Einer griff ins Feuer und versengte sein räudiges Fell. Malik stammelte persische Wörter, dann stammelte er Niebuhrs arabischen Satz.

»Morgen findest du ein Schiff und der Spuk ist zu Ende«, sagte Musa auf Persisch und dann auf Arabisch: »Kapitän, setz dich hin.«

Niebuhr setzte sich hin.

»Setz dich, mein Kind«, sagte Musa auf Persisch.

Malik setzte sich hin und rollte sich fest zusammen, das Kinn zwischen die Knie gepresst.

Wie aufs Kommando stoben alle Affen in das Loch in der Wand und verschwanden im Berg. Es kollerte. Vielleicht fiel Geröll in die Gänge. Niebuhr legte Holz in den Feuertopf. Malik ermannte sich zu einer aufrechten Haltung, zerteilte eine Sauerdattel mit seinem Messer und warf die Hälften verachtungsvoll in die Flammen.

Musa al-Lahuri sah ihnen zu. Malik war ungefähr sechzehn. Musa erinnerte sich, wie er ihn einst gefunden hatte, da war er ungefähr fünf gewesen und die Welt hatte ihn schlecht behandelt. Er bedauerte, dass er Maliks Geburtstag nicht wusste. Man wusste jedermanns Tag der Geburt in einem astronomischen Haushalt. Wüsste man Maliks Geburtstag, könnte man ihn jedes Jahr an diesem Tag ärgern. Der gute Junge. Was er wohl immer träumte.

Niebuhrs Angst kam und ging, kam und ging. Musa fühlte diese Wellen am eigenen Leib und hätte sie gerne geglättet. Warum hat er keine Frau? Wenn er das Sumpffieber überlebt, dachte Musa, nehme ich ihn mit und gebe ihn in zwei, drei Jahren Nayyirah. Die kann ihn dann trösten. Ich schicke ihn ins Observatorium und lasse ihn für mich arbeiten, und ich glaube noch immer nicht, dass seine Keplerschen Ellipsen meine Bahnfehler korrigieren. Ein neuer Name stünde dem Burschen gut. Wie kläglich klingt ›Niebuhr‹. Ich könnte ihn zu allem bewegen, wenn ich nur genügend rede. Was für ein Unfug. Was soll Nayyirah mit ihm? Alle jederzeit zu allem bewegen. Alle außer Nayyirah. So will ich denn reden und reden, bis der Morgen graut.

Musa teilte eine Sauerdattel mit dem Dolch, rümpfte die Nase und aß sie.

»Es war einmal ein großer, uralter Dschinn, der über die Welten herrschte«, sagte er auf Persisch und dann auf Arabisch, »und er wohnte einsam auf einem kalten Berg. Dort saß er im Eis, zu Eis erstarrt, ohne Atem und ohne Wunsch, und er schlief und die Welten scherten ihn nicht. Von seinen Wimpern rieselte Reif. Seine Augen waren geschlossen …«

»Warum jagst du Malik Angst ein, wenn er sich ohnehin schon fürchtet?«, fiel ihm Niebuhr ins Wort. Malik starrte seinen Herrn an in hellem Entsetzen, die Hände vor dem Mund.

»Das macht nichts«, sagte Musa.

»Und seine Augen waren die Sonne und der Mond«, flüsterte Malik auf Persisch zwischen seinen Fingern hindurch.

»Und seine Augen«, wiederholte Musa auf Arabisch, »waren die Sonne und der Mond. Erloschen standen sie hinter seinen gefrorenen Lidern. Darum herrschte überall Dunkelheit. Die Zeit stand still. Die Bahn der Sonne war leer und die Häuser des Mondes verwaist. Die Astronomen legten die Schreibrohre weg und starben sämtlich an Missmut und Ödnis. Die Tiere und Pflanzen waren gestorben, alles, was lebte und umging, außer den Ghulen und Geistern der Finsternis. Die raschelten leise. Zuweilen knackte hier und dort ihr Gebein. Jahrmillionen vergingen und keine Minute verging und die Geister glitten über die Welten, bis auch sie schließlich Missmut und Ödnis ergriff. Da versammelten sie sich allesamt auf dem Berg und heulten dem großen Dschinn in die Ohren. Naturgemäß hörte er nicht. So brachten sie Gaben, um ihn zu wecken, nicht schön, aber reich, die Gaben von Ghulen und Geistern: eine Elefantenhaut, woran noch das Fett hing, die stinkende Stadt Benares, ein mottenzerfressenes Tigerfell, eine Kette, aus Menschenschädeln gefädelt, und das vielgeschwänzte Delta des Ganges.«

»Die stinkende Stadt Benares«, flüsterte Malik auf Persisch. Er kannte die Geschichte so gut, man musste ihm nicht übersetzen.

»Mit diesen Gaben schmückten sie ihn«, fuhr Musa auf Arabisch fort, »die Elefantenhaut legten sie ihm über die Schulter, um die Lenden das Tigerfell, die Schädelkette um Hals und Brust, Benares hängten sie ihm als Ohrring ins Ohr und bekrönten ihn mit dem Delta des Ganges. So saß er fortan geschmückt und beschwert. Doch er schlug nicht die Augen auf und nichts war gewonnen. Die Ghule und Geister umflatterten ihn und heulten leiser und leiser. Jahrmillionen vergingen und keine Minute verging, bis endlich eine Peri erwachte. Sie hatte sich hier oder dort in einer der Welten vergraben und dieserart als Letzte ihres Schlags überlebt. Die Peri war hungrig und fror. So brach sie auf, allein und mit leichtem Gepäck …«

»Peri …«, hauchte Malik.

»Sie war schön wie der junge Lotos«, setzte Musa lächelnd auf Persisch hinzu, »zart wie die Primel und wie Nektar so süß und ihre Stimme so mild wie der Morgenwind. Ihr Lachen war wie Perlen in einem Bett aus Koralle, die Gestalt gerundet an den richtigen Stellen, die Taille biegsam und lang und die Brüste hoch und so eng beisammen, dass sie alles zerdrückten, was dazwischen geriet. Ihr Nabel war tief wie ein Tümpel *und die drei Fältchen ihres Bauches waren die Sprossenleiter des Liebesgotts*, wie der Dichter sagt.«

»Hmm«, schnurrte Malik. Dann schlief er ein.

»Bitte was?«, fragte Niebuhr.

»Die Peri war hübsch und hatte den Berg schon erklommen«, fuhr Musa auf Arabisch fort, »und dort stand sie im Schnee und schrie. ›Spiel mit mir, Dschinn‹, schrie die Peri, ›spiel mit mir, spiel mit mir, spiel mit mir!‹, und so schrie sie und schrie immer weiter. Endlich wachte er auf. Zuerst erbebte er nur, er hob wie im Traum eine Hand und schlug nach den Geistern und Ghulen wie einer, der Fliegen verscheucht, dann öffnete er langsam die Augen. Er begriff nicht, was er sah. Doch Mond und Sonne waren befreit. Die Zeit lief an wie eine Mühle, wenn Wind geht. Die Himmel drehten sich um die Welten auf perfekten, kreisrunden Bahnen. Die Wesen wurden geboren und starben und dazwischen folgten sie brav der Sitte. Neue Astronomen kamen herbei, ein schlichter, ein schöner Beruf. Sie schauten, sie rechneten, sie schrieben Kalender und alles passte zusammen. Der Dschinn war angenehm angetaut. Er saß still, mit freundlicher Miene, mit ruhigem Blick, ein guter Herrscher, milde und kühl. Das war die goldene Zeit. Doch die Peri war nicht zufrieden. Was scherten sie Sonne und Mond? ›Spiel mit mir!‹, schrie die Peri. Sie hatte ein Spiel auf den Berg getragen, in ein Tüchlein geknotet, ›Fünfundzwanzig gewinnt‹. Das packte sie aus und schmiss es dem Dschinn vor die Füße. ›Um Gottes willen, spiel mit mir, Feigling‹, schrie sie ihn an und stellte die Spielsteine auf und legte die Würfel zurecht.«

»Wie geht das?«, flüsterte Niebuhr.

»Ein Spiel, das man spielt, du Quälgeist. Viel Glück und wenig Verstand. Man schlägt die Steine des Gegners und die eigenen Steine werden geschlagen, man ärgert sich und man schwindelt, wo man nur kann. Der Dschinn war zu alt, um sich dafür zu begeistern, doch die Peri tobte und schrie und endlich gab er ihr nach. Er setzte alles, was er besaß, und so spielten sie ›Fünfundzwanzig‹. Sie gewann. Er verlor. Jede einzelne Runde. Die Elefantenhaut, an der noch das Fett hing, die aus Schädeln gefädelte Kette, die Stadt Benares, das Delta des Ganges – eines nach dem anderen erspielte die Peri. Zuletzt gewann sie das Tigerfell, das seinen Schoß verhüllte. Da saß er nackt und sie lachte. Ich traue nicht meinen Augen, dachte der Dschinn, was fällt dieser Peri ein? Sie behielt nicht einmal, was sie gewann. Lachend schleuderte sie es in die Lüfte, die Haut, das Fell, die Schädel, den Ganges, Benares, und alles verwehte und verschwand. Da kam Hitze in die alten Knochen des Dschinns. Sein Eisthron schmolz. Er fletschte die Zähne. Dann begann er zu blinzeln. Sonne und Mond wurden irr und verließen den errechneten Kreis. Die Astronomen rauften sich Bart und Haar und schrieben falsche Tabellen. Man lebte, man starb, dann lebte man wieder, ein ewiges Elend, und keiner folgte der Sitte. Die goldene Zeit war vorbei. ›Spiel mit mir!‹, kreischte die Peri und sprang dem Dschinn auf den Schoß. Und so spielten sie miteinander.«

Musa verstummte. Der Tag brach an.

»Und wie ging das zu Ende?«, fragte Niebuhr.

»Gar nicht. Es geht noch. Es bewegt die Welt.«

»Was bewegt die Welt?«

»Was sie dort oben treiben.«

»Was …«

»Was weiß ich? Bin ich ein Inder?« Meister Musa blickte freundlich durch Niebuhr hindurch. Er nahm die Wasserflasche, weckte Malik und ging mit ihm hinaus, um das Morgengebet zu verrichten.

VIII

Carsten Niebuhr saß auf dem Ostplateau und bestimmte Sonnenhöhen. Meister Musa, der drinnen im Tempel schlief, hatte ihm sein Astrolabium geliehen. »Wenn du fertig bist, putzt du es«, hatte er kommandiert, »denn wenn man es lange um den Hals trägt, wird es speckig und klemmt.«

Vor dem Steinhaufen stand noch der Brei von gestern. Rote Ameisen hatten sich darin gesammelt. Niebuhr nahm eine Sonnenhöhe nach der anderen, ohne sie niederzuschreiben. Er wusste nicht, wo sein Schreibzeug war, und die Sonnenhöhen von Elephanta interessierten ihn nicht. Persien interessiert mich, dachte er plötzlich. Die Sprache klingt schön. Ein schwarzweißer Vogel ließ sich neben ihm nieder und pfiff. Er pfiff wie ein Mensch, der seinem Hund pfeift, schrill und befehlerisch. Es interessiert mich, dachte Niebuhr noch einmal. Der Gedanke war ungewohnt. Er fühlte in sich hinein. Er fühlte sich, wie man sich gemeinhin fühlt nach einer durchwachten Nacht. *Pisst du noch Blut, Kapitän?* Danke der Nachfrage, nein. Ich pisse eigentlich gar nicht mehr. Ist das ein schlechtes Zeichen? Ich bin gesund. Ich fahre nach Persien, wohin ich nicht soll, und dann fahre ich wieder nach Hause. Er zog die Schuhe aus. Seine Füße waren geschwollen. Der Vogel, eine Art Elster, hüpfte und pfiff. Ein zweiter Vogel pfiff Antwort aus dem Gebüsch.

Fände ich mein Schreibzeug, dachte Niebuhr, schriebe ich alles nieder. Die auf die Erde geklatschte Mathematik. Was der Dschinn mit der Peri treibt. *Und Klarheit kehrt ein im Glaubensbegriff?* Nicht wahr, Michaelis?

Ein letztes Mal maß er die Sonnenhöhe, dann zerlegte er das Instrument. Er schraubte das Pferd von der Nadel, nahm Zeiger und Rete ab, löste die Tympana aus der Mater und die Mater von der Alhidade und polierte alles mit dem Saum seines Kaftans.

Was im Gebüsch pfiff, war kein Vogel, sondern das lange indische Mädchen. Sie pfiff auf den Fingern und kam dabei unversehens hervor. Dort war kein Weg. Wie sie die Vegetation ohne Werkzeug zerteilte, war Niebuhr ein Rätsel. Er sprang auf, um sofort das Weite zu suchen, doch dann hielt er inne. Heute trug sie immerhin ein Brusttuch.

Sie war größer als er. Ihr Haar war zu einer filzigen Krone geknotet und noch wilder geschmückt als am Vortag, mit Muscheln, Steinen, Stöckchen und Scherben aus Glas und Metall. Sie sah aus, fand Niebuhr, als äffe sie eine Französin nach, wie die satirischen Blätter sie zeichnen.

»Gegrüßt«, sagte er in der Sprache von Bombay. »Suchen … Frau?«, setzte er mühsam hinzu. Woher sollte man wissen, was ›Großmutter‹ hieß?

Das Mädchen warf ihm einen vernichtenden Blick zu. Sie machte kehrt und das Dickicht verschluckte sie.

Malik Abd ar-Rahman al-Mufaja'a wollte nicht nach Arabien. Er hatte noch nie nach Arabien gewollt und je näher es rückte, desto weniger wollte er hin. Auch heimwärts zog es ihn nicht. Er stand am östlichen Strand der Insel und spähte nach Schiffen. Die Sonne schien ihm genau ins Gesicht. Es war schwer, etwas auf dem Meer zu erkennen, wenn man so arg geblendet war. Immer stand die Sonne falsch, vormittags auf der Panvel-, nachmittags auf der

Manbai-Seite der Insel. Malik kniff die Augen zusammen. Nirgends ein Schiff.

Gharapuri lag in der Mitte zwischen zwei Schrecken, Arabien und Jaipur. Völlig sinnlos lag es im Meer. So drückte der Meister das aus. Malik hätte lieber anders gesagt, ›unsichtbar‹ oder ›bescheiden‹. Gott der Allsehende, falls er jemals etwas verpasste, verpasste vielleicht Gharapuri. Und Frau Gohar in Jaipur sah es gewiss nicht. Gott fürchten und lieben. Frau Gohar immer nur fürchten. Stets vorher wissen, was Frau Gohar will, und es tun, als ob man selbst darauf kam. Kein dummes Gesicht dazu machen. Frau Gohars Blick, der bedeutet, ›mach bloß kein dummes Gesicht‹ … Als Malik ein kleiner Junge war, hatte der Meister ihn gefunden, hier oder dort, in Jaipur oder im Umland. »Du bist auf dem Feld gewachsen zwischen Bittermelonen und Bockshornklee«, hatte der Meister erzählt, »da war ich erstaunt und habe dich schnell geerntet.« Malik konnte sich nicht erinnern, wie der Meister ihn geerntet hatte. Er war ein guter Meister. Es war ein gutes Haus. Dafür dankte er Gott jeden Tag. Nie wieder wollte er dorthin zurück.

Der Meister hatte Frau Gohar erst spät hinzugeheiratet, da war Malik längst schon in der Familie. Sie war die Witwe seines Bruders und wurde mit viel Gepäck aus Lahore geschickt. ›Zur Strafe‹, sagte der Meister und bog sich vor Lachen. Zuweilen, selten, fand ein Weinhändler den Weg nach Jaipur. Das waren seltsame Tage. Da saß dann der Meister mit Frau Gohar und lachte und Frau Zubayda verdrehte die Augen. Sie redeten, wahrscheinlich über die Nachbarn, und kicherten wie die Kinder. Doch dann, wenn Frau Gohar hervorkam, warf sie Malik ihren schrecklichen Blick zu. Frau Gohar war Satan.

Auch Briefe von den Brahmanen zu holen war schlimm. Das sagte der Meister fast täglich: »Mein Kind, geh zu den Brahmanen und hol meine Briefe ab.« Da rannte Malik kreuz und quer durch Jaipur, fragte in den Häusern aller Brahmanen, ob man Briefe für seinen Meister hätte, und niemand gab ihm je einen. Der Meister besprach alles mündlich mit den verfluchten Brahmanen. Malik kam zurück mit leeren Händen und naturgemäß dummem Gesicht. Da blickte Frau Gohar ihn an. Und Nayyirah kämmte ihr Haar. Sie lief im Haus umher und sogar in die Werkstatt und kämmte und kämmte ihr prächtiges Haar und machte dazu ein böses Gesicht. Nayyirah konnte sich alles erlauben. Frau Zubaydas Augen verengten sich. Frau Gohars Augen weiteten sich. Nayyirah rannte treppauf, treppab und sang dauernd das Lied von der Nachtigall. Nie wieder wollte Malik nach Jaipur.

Und Gott erbarmte sich. Das lernte man in der Schule. »Frag in der Schule, mein Kind«, sagte der Meister, wenn Malik wissen wollte, was Erbarmen sei. Nie gab er ihm Antwort. Nur sein Arabisch verbesserte er. Das tat er wieder und wieder, ließ ihn alles hersagen, was er sagen konnte, und verbesserte seine Aussprache. Dazwischen sagte er lachend: »Erbarmen kenne ich nicht.« Außer Sprachen lehrte der Meister nichts. Er unterrichtete nicht einmal seine eigenen Söhne. Er schickte alle in die Schule, wenn es um den Glauben ging, und ins Observatorium, wenn es um die Wissenschaft ging, und zu Frau Zubayda, wenn es um sonst was ging. Und wurde man lästig, schickte er einen zu Frau Gohar. Gott half nicht. Vielleicht beim Sterben oder im Unglück, aber gewiss nicht bei dummen Fragen. Gott sprach nicht mit einem. Vielleicht sprach Er mit dem Meister oder mit Frau Zubayda, doch mit Malik sprach Er nie. Auch in Arabien würde Er mit Malik nicht sprechen. Ganz von Nahem und ohne Unterlass würde Gott in Arabien auf ihn blicken, schweigen und sich dauernd erbarmen. Manchmal träumte Malik, dass ihm jemand »Erbarmen« ins Ohr raunte, hohl wie der Klang eines Schneckenhorns. Da wachte er auf und schrie. Er wollte nicht nach Arabien. Der Meister schlief in der indischen Halle. Der Europäer saß auf dem Berg. Wie friedlich es war, Gharapuri. Malik spielte mit Muscheln.

Da kam Dipti den Strand entlang. Er sprang auf und winkte. Dipti beachtete ihn nicht. Das hatte seine Richtigkeit. Alles, was Dipti anbetraf, hatte für Malik seine Richtigkeit. In nur anderthalb Tagen war sie seine Zuflucht geworden, seine Helferin und Wohltäterin und der Gegenstand seiner Liebe. Er schrie: »Dipti! Dipti!« Sie stellte sich taub und ging ruhig einher, mit wiegendem Schritt, wie Dipti nun einmal ging. Er wusste nicht, wo sie hergekommen war. Immer erschien sie aus dem Nichts. Wäre sie kein Bettlermädchen gewesen, man hätte sie der Hoffart bezichtigen können, wie sie dort stolz einherschritt, als sei sie die Herrin der Insel.

Immer wollte sie Geld. Deshalb hielt er sie für eine Bettlerin. Vielleicht trieb Dipti aber auch Handel. Vielleicht trieb sie Steuern ein oder empfing Ehrengaben. Malik wusste nicht, was Diptis Rolle auf Erden war, denn er konnte nicht mit ihr sprechen. »Dipti«, »Malik«, »Geld« – zu viel mehr reichte es nicht zwischen Jaipur und Manbai. Doch sie las Gedanken. Das konnte der Meister zuweilen auch, aber Dipti konnte es besser. Es war freilich leicht, Maliks Gedanken zu lesen. Manchmal war ihm, als erschiene jeder Gedanke, der in seinem Kopf entstand, in Bildern auf seiner Stirn. Das war oft von Nachteil. Bei Dipti war es von Vorteil. Sie sollte um alles wissen, was Malik bewegte – »der Meister will essen«, »der Meister will Wasser«, »der Meister will Decken und Licht« –, und auch um seine Abneigung gegen Schiffe und um seine große Neigung zu Dipti.

Da stakte sie durch den Schlick. Sie bückte sich, grub etwas aus und steckte es in den Mund. Dipti aß die seltsamsten Dinge. Sie trug mehr Schmuck als Kleider. Das kannte Malik, das war indische Sitte und er konnte bei Gott nichts dafür. Ihr Haar sah aus wie das Haar einer Irren, doch da konnte Dipti nichts dafür. Die alte Frau schmückte ihr Haar mit dem verrücktesten Unrat, und ließ man sie nicht gewähren, begann sie zu weinen, lief weg und Dipti musste sie suchen.

Die alte Frau, wer auch immer sie war, litt an dem Greisenblödsinn. Das erstaunte Malik nicht. Jeder hatte schon einmal diesen Blödsinn gesehen, wie er Greise öfters befällt. Er wusste nicht, ob Dipti mit der Greisin verwandt war. Vielleicht war sie ihr zugelaufen, als ihr Verstand schon dahin war, und sie hatten einander vorher gar nicht gekannt. Um Greise, wenn sie einem auf den Lebensweg treten, muss man sich kümmern, wohl oder übel, bis Gott sie endlich heimruft.

Dipti und die Alte wohnten im Berg, in den Stollen und Höhlen. Wenn die Schiffe weiter im Gegenlicht fuhren und wenn er Dipti recht innig bat, wüsste er darüber bald mehr. Ich nehme dich mit in die tiefsten Tiefen der Insel, vor denen sogar dein Meister sich fürchtet, und zeige dir die unglaublichsten Dinge, hatte ihm Dipti versprochen. Manchmal las auch Malik Gedanken.

Die Alte war soeben sein Trumpf: Er wusste, wo sie war, und Dipti wusste es nicht. Ganz nahe, hinter ihm im Gestrüpp, saß sie seit einiger Zeit und redete mit den Pflanzen. Sie stahl Essen aus allen Hütten, verteilte es hier und dort auf der Insel und unterhielt sich mit allem.

Ein kleines Schiff näherte sich Gharapuri.

»Dipti! Dipti!«, schrie Malik. Er sprang auf und nieder und winkte mit beiden Armen. Diesmal hörte ihn Dipti. Sie flog über den Strand mit klirrendem Haar und rannte ihn fast um. »Malik! Malik!«, schrie Dipti. Jetzt sprang und winkte sie auch. Sie bückte sich, griff in den Schmutz und warf ihn hoch die Luft. »Dipti!«, schrie Malik. »Malik!«, schrie Dipti. Malik warf seinerseits Schmutz und brüllte. Dipti tanzte, einen klingelnden, klirrenden Tanz.

Das Schiff drehte scharf ab.

Malik schnappte nach Luft. Dipti wandte sich zu ihm und rümpfte ein wenig die Nase. Gemächlich las sie seine Gedanken. Dann sagte sie: »Geld.«

»Man kann tun, was man will, kein Schiff möchte kommen«, seufzte Malik auf Persisch.

Dipti blickte sich suchend um.

Er bedeutete ihr zu warten, lief ins Gebüsch, wo die Alte saß, und zog sie auf die Füße. Sie wehrte sich. Er sprach begütigend auf sie ein, dann hob er sie kurzerhand auf. Sie bestand nur aus Haut und Knochen. Mit größter Vorsicht lud er sie sich auf den Rücken, wie einen kleinen Sack mit gutem Geschirr. So lief er hinunter zu Dipti.

»Da ist deine Freundin. Und Geld kriegst du nachher auch.«

Er setzte die Alte vorsichtig auf den Strand. Sie spuckte in seine Richtung, dann griff sie nach Diptis Füßen. Ihre Füße waren lang und flach, mit langen, beweglichen Zehen. Die Alte streichelte und küsste sie, dann zerrte sie am linken, bis Dipti auf einem Bein stehen musste, küsste die Sohle und drückte den Spann an die Stirn. Dipti lachte, dann begann sie zu schimpfen. Die Alte ließ nicht ab von ihren Füßen und als Dipti sich bückte, um sich loszumachen, griff sie auch noch nach ihren Händen. Sie hatte starke Finger wie Krallen. Fast brachte sie Dipti zu Fall. Sie leierte dieses und jenes, dieselben Sprüche, vermutete Malik, die sie auch dem Rest der Insel erzählte. Er holte die Muscheln hervor, die er zuvor gesammelt hatte, und hielt sie der Alten hin.

Das wirkte jedes Mal. Die Alte schnappte sich glücklich die Muscheln. Dipti setzte sich in den Sand und überließ sich ihren Händen.

Da wurde wieder alles von Neuem verschönert. Malik schaute aufmerksam zu. Die Alte löste Strähnen und Strähnchen aus dem großen Knoten auf Diptis Kopf und zwirbelte sie zu Fäden und Schnüren. Manche leckte sie an. Dann knotete und wob sie alles wieder zusammen, mit immer mehr Schmuck darin. Malik hatte noch viel in seinen Taschen gefunden: einen länglichen Stein, ein Stück Treibholz, einen Löffel und eine grünlederne Quaste, die von seinem Beutel abgegangen war. Er kauerte neben der Alten, die Nase fast an Diptis Schulter, und reichte ihr alles zu. Dabei roch er an Dipti. Das war kaum zu vermeiden. Sie roch, wie Mädchen wohl rochen, aber vor allem nach Meer. Den Löffel knotete er selbst in ihre Frisur, schräg obenauf, wie einen Birnenstiel. Die Alte zog ein Gesicht, als wolle sie wieder spucken, aber sie ließ ihn gewähren.

Auf allen vieren kroch er um Dipti herum. Sie saß mit geschlossenen Augen. Er flüsterte: »Dipti, Dipti.« Die Alte strich hellen Schmutz auf Diptis Wangen und Stirn, vielleicht Asche von einem der Feuer, die Malik zuweilen am Strand entzündete und die kein Schiffer je sah; dies stand wohl für Salbe und Schminke oder andere wichtige Dinge der Frauen, von denen Malik nichts verstand.

Dipti schlug langsam die Augen auf.

»Ich brauche ein Huhn oder zwei«, sagte Malik, »denn von der Ziege haben sie gestern schon alles, was gut war, gegessen.« Dabei versuchte er, den Gedanken ›Huhn‹ als Bild auf seiner Stirn erscheinen zu lassen. Dipti verstand nicht. Er machte ein Huhn vor. Dann rief er »bitte, bitte« in der Straßensprache von Jaipur und »Geld« in der gemeinsamen Sprache.

Dipti straffte die Schultern und wiegte den Kopf, wie um zu prüfen, ob alles im Gleichgewicht war. Eines Tages, dachte Malik, wäre ihr Haar so schwer, dass sie gebückt laufen müsse wie eine Äffin.

Sie nahm ihr Brusttuch ab und knotete es stattdessen der Alten um. Sie hatten zu zweit nur ein Brusttuch, hatte Malik gelernt. Es waren arme, seltsame Leute. Dipti stand auf, nahm die Greisin, die um sich schlug, an der einen, Malik an der anderen Hand und ging mit langen Schritten zum Waldrand, dort, wo kein Weg war.

Er konnte kaum so schnell blicken, wie die Hühner starben, zwei wilde Kammhühner, fett und grau. Entgeistert hielt er sie plötzlich in Händen, kopfunter, fertig zum Rupfen. Dipti hatte sie wohl aus dem Gestrüpp gelockt und erwürgt.

Die Alte war entflohen. Immer entfloh sie, sobald man sie nur kurz aus den Augen ließ. Dipti schaute auf Malik hinunter. Wenn sie am Abhang standen, sie oben, er unten, überragte sie ihn um Haupteslänge. Sie streckte die Hand aus und streichelte seine Wange. Dann verschwand sie im Gebüsch, ohne auf seine Münzen zu warten.

Malik rannte über den ganzen Berg, bis zum Manbai-Ufer der Insel. Dort setzte er sich hin. Er spähte nach Schiffen. Die Sonne schien ihm genau ins Gesicht. Gott strafe mich, dachte Malik, und rupfte die Hühner.

IX

»Ich nenne das Sternbild Kassiopeia!«, rief Niebuhr. »Das habe ich dir schon dreimal gesagt!«

Meister Musa hatte plötzlich bestimmt, dass man fortan im Freien kampiere, da der Tempel voller Schmutz sei und stinke. Prompt hatte eine Äffin ein Junges darin geboren und alles war voller Blut. Seitdem wollte auch Niebuhr die Ruine nicht mehr betreten.

Auf seiner Terrasse im Norden hatte Musa zum Nachtmahl geladen. Dort saß er unter dem Sternenhimmel, auf dem wohl einzigen Kissen von Gharapuri, das ihm zustehe, wie er sagte, weil er ein Greis sei, und zeigte auf die Kassiopeia. Er hatte den ganzen Tag verschlafen. Danach hatte Malik Wildgeflügel serviert, das so hervorragend schmeckte, dass er bestaunt und gelobt worden war. Nun war er davongerannt, um nach Schiffen zu spähen und Feuer an allen Stränden zu entzünden. Vor nächtlicher Einsamkeit schien er sich nicht mehr zu fürchten.

»Bist du wütend, Kapitän?«, fragte Musa.

»Nein«, fauchte Niebuhr.

»Zeig mir alle Sterne, aus denen Kassiopeia besteht.«

»Ich sehe nicht alle Sterne der Kassiopeia mit meinem nackten Auge!«

»Ihr werdet blind von euren ständigen Linsen. Zeig mir die, die du siehst.«

»Fünfundvierzig Cas, siebenunddreißig Cas, siebenundzwanzig Cas, achtzehn Cas, elf Cas, sieben Cas«, schnurrte Niebuhr grimmig herunter.

»Oh, die Flamsteed-Nummern! Kennst du Meister Flamsteed von Angesicht? Seid ihr befreundet?«

»Flamsteed ist schon lange tot!«

»Bedauerlich«, sagte Musa. »Zeig mir, wie du Kassiopeia siehst. Wo fängt sie an und wo ist sie zu Ende?«

»Fünfundvierzig der Rocksaum, Siebenunddreißig das Knie, Achtzehn und Elf die Schultern.«

»So klein«, seufzte Musa. »Ihr seht das ganze Weibsbild in den paar Sternen. Wir sehen dort nur ihre bemalte Hand.«

»Und wo ist der Rest?«

»Ihr Ellenbogen ist Flamsteed dreiunddreißig Persei!« Musa breitete die Arme aus. »Ihr Kopf ist in Taurus! Die Dame-mit-der-bemalten-Hand umspannt den halben Himmel. Die griechische Kassiopeia, das lateinische VV, sind ihre gespreizten Finger. Sie spreizt sie, um sie besser anmalen zu können.«

Niebuhr blickte die Sterne an. Er spreizte die Finger der Rechten und blickte auch diese an und dann Meister Musa. Seine Gereiztheit schien verflogen. Etwas wie Kummer schlich sich in seine Miene. Er ballte die Hände zu Fäusten und öffnete sie wieder. Dann formulierte er mit Sorgfalt: »Wir glotzen alle in denselben Himmel und sehen verschiedene Bilder.«

»›Glotzen‹ ist kein schönes Wort«, rügte Musa.

»Ich meine ›glotzen‹! Ich meine ›hilflos, blöd und hoffnungslos schauen‹! Ich meine ›Affen des Mundes zu Markte tragen‹! Wir glotzen nach oben und erfinden große Gestalten und hängen sie in den Himmel. Ich eine Frau und du eine Hand und was weiß ich, was andere sehen. Und dann gibt es Streit. Es ist zum Erbarmen!«

»Affen des Mundes?«

»Das ist ein Ausdruck aus meiner Heimat und er übersetzt sich schlecht! Mein Arabisch ist nicht gut!«

»Dein Arabisch ist gut und erstaunt mich. Ich wüsste gerne, wo du es lerntest.«

»In Göttingen im mittleren Nordteil von Almanya«, schnaubte Niebuhr.

»Milch?«

»Nein danke!«

Niebuhr konnte die Ziegenmilch nicht mehr sehen. Dauernd tranken sie Ziegenmilch. Sonst gab es nichts auf der Insel. Seit Tagen schmeckte sein Mund nach Ziege. Da halfen keine Sauerdatteln und Maliks Kochkünste waren verschwendet.

»Auf welcher Route bist du nach Makkah gereist?«, fragte Musa.

»Ich war nicht in Makkah!«

»Du sagtest, du warst in der Gegend. Auf welcher Route reistest du in die Gegend von Makkah und warum tatest du das?«

»Über Land von Qahira südöstlich nach Sues und von Sues nach Dschidda per Schiff. Damals waren wir zu sechst.«

»Und jetzt?«

»Von Qahira nach Sues reitet man auf dem Dromedar zweiunddreißig Stunden, da die Entfernung dreiundzwanzig deutsche Meilen beträgt. Man ist froh, wenn man da ist. Und jetzt, jetzt bin ich allein.«

»Die anderen fünf ...«

»Es war einmal«, fiel ihm Niebuhr heftig ins Wort, »vor einer Zeit, die mir miserabel lang erscheint, in Almanya ein Mann, der meinte, dass man Gottes Wort besser begreift, wenn man in Arabien jeden Stein umdreht und schaut, was darunter ist. Dieser

Mann war unser Befehlshaber und ist jetzt meiner, noch immer, nehme ich an. Er ist gelehrt und ein Scheusal. Meine Pflicht war, und ist es noch immer, nehme ich an, zu messen: die Länge und Breite und Höhe von allem und wie lang alles dauert und wo sich alles befindet und wie sich alles zueinander verhält. Die Gefährten lagen krank in Sues. Immer lagen sie krank. Unterdessen maß ich das Rote Meer, hier und dort seine Breite, und wie lang alles dauert, die Ebbe und Flut. Bei Sues war es zu schmal und zu seicht, um Pharao und sein Heer aufzunehmen. Das schrieb ich nieder unter dem Punkt meines Auftrags, der ›Pharao und sein Heer‹ hieß. Tagelang lief ich in warmem Wetter umher mit dem Quadranten und einer Beduinenlanze als Maßstock und studierte das Rote Meer. Wo es breit genug und tief genug wäre für die heilige Schrift. Groß genug, um viele Ägypter darin zu ersäufen. Tief, breit und wichtig genug für ›Gott schob es auseinander mit Ostwind und machte Wassermauern rechts und links der Kinder von Israel‹.«

»Ich kann dir nicht folgen«, sagte Musa.

»Mein Arabisch ...«

»Dein Arabisch ist gut und ich rate, wovon du sprichst. Und dann?«

»Am tiefsten ist es bei Bahr al-Qulzum. Das schrieb ich auf, und die Maße. Dem Beduinen war der Faden der Ruhe zerrissen und er schmiss mir die Lanze um. Beduinen sind furchtbare Leute. Fragt man sie etwas, sagen sie immer ›ja, ja‹. ›Hat Israel hier das Meer durchquert?‹ – ›Ja, ja.‹ ›Geschah es nicht eher dort?‹ – ›Ja, ja‹. Dann ging's ins Gebirge. Viel Gebirge gibt es bei Sues. Staubige Wüste mit Aussicht. Doch an den Prospekten des Landes mich zu erfreuen, wurde ich nicht bezahlt. ›Hat Gott hier die Leute mit dem Tod gestraft, die zu viel Salwa-Selav-Vögel verspeisten?‹ – ›Ja, ja‹. ›Fängst du mir einen Vogel, guter Scheich, zwischen den vielen Bergen, die vielleicht Sinai sind, aber vielleicht auch nicht, auf dass ich ihn braten und essen kann und der Herr mich tötet?‹«

»Ha, ha«, sagte Musa.

»Was?«

»Da sagte der Beduine ›ha, ha‹, nehme ich an. Hast du Fieber?«

»Es steht in meinem Auftrag geschrieben!«

»Samt Gott dem Allmächtigen?«

»Samt Gott dem Allmächtigen und seinem heiligen Wort!«

Musa steckte Holz ins Feuer. Als es aufflammte, rückte er näher und blickte Niebuhr mit gerunzelter Stirn ins Gesicht. Wiederum konnte Niebuhr seine Miene nicht deuten. Allerlei war dort in Bewegung, Lachlust, Mitleid, ein wenig Ekel vielleicht – Niebuhr wusste es nicht.

»Ich fand nicht Elim noch Sinai«, sagte er leise, »doch ich nahm mehr Polhöhen in diesem Gebirge als je ein Mensch vor mir.«

»Deine Liebe gilt nicht der Mathematik«, stellte Musa fest.

»Doch gewiss!«

»Du liebst sie nicht, wenn du sie so dumm gebrauchst.«

Niebuhr dachte nach. Dann sagte er: »Ja, ja.« Er lachte kurz auf und verstummte.

»Wem oder was gilt deine Liebe? Was liebtest du, wenn du dürftest?«

Jetzt steckte Niebuhr Holz ins Feuer. Es war genügend Holz schon darin. Er begann an einem Stöckchen zu schnitzen. Er schnitzte mit Musas Dolch. Als er das merkte, legte er ihn schnell aus der Hand.

»Den Dingen«, sagte Niebuhr. »Der Welt, glaube ich, gilt sie. All ihren Dingen. Einem gewissen ... Interesse an allem. Einer gewissen ... betrachtenden Neugier. Doch dafür werde ich nicht bezahlt.«

»Gott beschütze dich«, sagte Musa. Er nahm den Dolch und drehte ihn in den Händen. Niebuhr wusste nicht, was der Segen besagte. Er klang schroff, viel zu schroff für diesen Moment, und liebevoll, viel zu liebevoll für das Verhältnis zwischen Musa und Niebuhr. Er blickte hinunter aufs Meer. Die Kassiopeia hing kopfunter in der blauen Nacht.

»Geh nicht zurück nach *Göttingen.*«

»Dein Gedächtnis möchte ich haben.«

»Meine Liebe«, sagte Musa, »gilt auch nicht der Mathematik. Sie gilt den Sprachen. Den Leuten, die sie sprechen, und dem, was sie sprechen, und wie sich alles zusammenreimt. Doch dafür bezahlt man mich auch nicht. Ich bin kein *Shuka.*«

»Kein was?«

»Ein Vogel, der redet. Ich weiß das arabische Wort nicht.«

»*Babagah*«, sagte Niebuhr.

Jetzt schnitzte Musa mit dem Dolch an dem Stöckchen. Niebuhr hatte ein zweites genommen und kratzte mit dem Fingernagel Späne ab.

»Unser Ziel war nie Makkah«, sagte er nach einer Weile. »Wir mussten nach Dschidda, um dort ein Schiff in den Jemen zu finden, denn dorthin sollten wir. Wir störten die Pilger und sie störten uns. Es war uns verboten, über Land zu reisen, wo der Weg ihrer Karawanen entlangführt, so gingen wir in Sues unter Segel. Das Schiff war groß und voll, Männer, Kinder, Frauen tief unter Deck, Araber, Türken und wir. Ich stand an der Reling und beobachtete den Durchgang der Sonne durch den Mittagszirkel und nachts den Durchgang der Sterne. Die Leute hielten mich für verrückt. Es waren normale Leute, in ihrer besonderen Art. Meine Gefährten lagen krank. Ich ärgerte mich über Wolken, weil sie mir den Mittagszirkel verdarben. Ich las ein Buch, ein französisches

Buch, das ich in Konstantinopel gekauft hatte, darin die Wallfahrt nach Makkah beschrieben ist. Mein Französisch ist mühsam. Doch lernte ich ein wenig darüber. Ich glaubte, der Wallfahrt entronnen zu sein, bis wir das Vorgebirge erreichten, das bei al-Juhfah liegt. Es war eine wolkige Nacht, weshalb ich zu Bett ging und schlief. Und am nächsten Morgen, als ich an Deck kam, war alles weiß. Da hatten die Männer Kopf und Schultern entblößt und das Tuch umgelegt, das der Prophet an diesem Ort befiehlt. In meinen Augen sahen sie aus wie die alten …« Hier fehlte ein Wort. »Wie lateinische Leute aus vergangener Zeit«, behalf er sich ein wenig atemlos, »und so sahen sie plötzlich verwandelt aus und ich erschrak, mit Verlaub, denn ich hatte begriffen, wir waren durchaus noch auf dem verbotenen Weg. Ich packte den Quadranten weg und beobachtete alles still. Nur beim ersten Mal, da man nach Makkah geht, muss man das Tuch umlegen, und nur, wenn man nicht unpässlich ist, befiehlt die Vorschrift, hatte ich aus dem Buch gelernt. Nicht alle trugen das weiße Tuch. Manche trugen noch Mantel und Turban, als sei nichts gewesen. So fragte ich mich, mit einer gewissen Leidenschaft, muss ich gestehen, warum die, die es trugen, es trugen, und warum die anderen nicht. Ich wurde den Verdacht nicht los, dass manche sich unpässlich stellten, besonders die Türken, um dem dünnen Tuch zu entkommen. Muhammad, als er solches Gesetz erließ, dachte gewiss nicht an Türken. Sie gehen zuhause in Pelzen! Das Pilgertuch ist für Türken zu kalt. Die arabische Küste ging von hier fast gerade nach Süden …«

»Ich hoffe, du klärtest alle fleißig darüber auf, wie ihre Vorschrift lautet«, meinte Musa. Er stocherte im Feuer.

»Die Küste ging nach Süden …«, wiederholte Niebuhr, dann unterbrach er sich. »Das tat ich gewiss nicht, denn ich …« Und er unterbrach sich noch einmal: »Darf ich dich fragen, Meister, wo in Bombay sich die anderen Pilger befinden, mit denen du nach Makkah gehst?«

Musa gab keine Antwort.

»In Arabien sah ich die Karawanen. Ich kann Pilgergruppen erkennen, schmeichle ich mir. In Bombay sah ich keine. Ist der Weg über Bombay nicht jedermanns Weg, wenn man von Jaipur nach Makkah reist?«

»Nein«, sagte Musa.

»Oh! Und …«

Meister Musa blickte ihn gerade an.

»… warum nicht?«, fragte Niebuhr.

»Das könntest du raten, mit deinem Schlaukopf.« Musas Stimme klang ein wenig belegt. Bekümmerte es ihn, dass er auf der falschen Route reiste? »Ich kann es nicht raten, nein«, sagte Niebuhr.

Meister Musa schwieg.

»Auch in Dschidda, das nun bereits im heiligen Kreis liegt«, begann Niebuhr mit viel Bedacht, »sah ich Pilger dieses und jenes tun, das der Vorschrift für die Reise gewiss nicht entsprach. Sie besuchten Freunde für Plauderei und stritten sich auf der Straße, und es schien mir gar, dass sie die Wallfahrt nützten, um Güter und bares Geld hier hereinzubringen, was gewiss nicht … die Gesetze des Emirats … Güter, die nicht nach Dschidda und gewiss nicht nach Makkah …«

»Schmuggelware«, half Musa.

»Danke. Ich sah …«

»Du spendest mir Trost?«

»Ich wollte …«

»Verschone mich«, sagte Musa. Er stand auf und ging in die Nacht.

Auf dem Nordplateau standen nur wenige Wege zur Auswahl: hinein in den stinkenden Tempel oder hinab ins verfilzte Gestrüpp. Musa al-Lahuri hatte kein Licht und selbst sein Birkenholzstock lag noch beim Feuer. Er wollte hinab zu den Hütten und von dort hinunter zum Strand. Er fand etwas, das vielleicht der Anfang des Abstiegs war. Hier und dort scharrten, schabten, kletterten, flatterten Tiere. Die Nächte von Gharapuri waren rastlos. Weil er den Stock nicht hatte, zog er den Säbel. Er versuchte keinen Lärm zu machen, damit ihn der Europäer nicht hörte. Vielleicht käme er sonst gelaufen.

Er kämpfte sich mühsam bergab. Das Gestrüpp lichtete sich, dann wurde es wieder dichter. Sein Stiefel verfing sich in einem hängenden Ast, der sich mit einer aufragenden Wurzel verflocht. Das Gestrüpp hielt den Säbel fest und gab ihn nicht wieder frei. Ein Vogel pfiff, ein gellender, lang verhallender, trostloser Pfiff. Und da war plötzlich Licht. Eine Kletterlilie hing in den Zweigen und blühte, flammenrot, über und über, in der falschen Saison. Musa erstarrte. Etwas glotzte ihn an. »Pest!«, schrie Musa.

Es war Malik, der glotzte. Er glotzte geradewegs aus dem Berg, barhaupt, zerzaust, im Unterzeug, halb drinnen, halb draußen, verstört und verwildert und wie mit dem Wahnsinn geschlagen.

»Malik!«, schrie Musa.

»Meister!«, schrie Malik. Er trug einen brennenden Scheit in der Hand, der sofort erlosch.

»Und die Bedeutung hiervon ist welche?« Musas Persisch stolperte nach all der arabischen Rede.

»Es gibt Löcher!«, rief Malik. »Höhlentunnel von Panvel nach Manbai!«

»Was?«

»Vom Panvel-Strand zum Manbai-Strand eine Abkürzung durch den Berg!«

»Wo sind deine Kleider?«

»Es geht, es geht, es geht viel schneller«, haspelte Malik, »wenn man durch den Berg kriecht, als wenn man hinüberrennt!«

»Zeig mir das.«

»Ihr nicht, Gott soll Euch schützen! Für Euch geht das nicht!«

»Bin ich zu fett für deinen verwünschten Tunnel?«, schrie Musa.

»Ich habe fast Schiffe gesehen!«

Musa schlug nach ihm mit der Linken. Er traf ihn nicht und schlug ein zweites Mal zu und schlug ins Gestrüpp. Die Vegetation gab endlich den Säbel frei, er schnellte zurück und die Klinge verfehlte knapp seine Schulter. Etwas Weiches, Großes stürzte sich auf ihn. Musa schrie auf. Es war Malik. Immer nur Malik. Er klammerte sich fest. Der erloschene Holzscheit schrammte durch Musas Bart.

Einen Moment lang ließ er Malik gewähren, dann machte er sich los. »Such mir ein Schiff. Geh an den Strand. Mach Feuer. Ich will ein Schiff, sonst …«

»Ja! Ja!«, keuchte Malik.

»Ich weiß nicht einmal, womit ich dir drohen soll!« Meister Musa begann angewidert zu lachen. Malik glitt in den Berg, wie ein Affe, wie eine Schlange, wie ein Wesen, das hier zuhause war, und wieder pfiff der trostlose Vogel und begann dann zu zwitschern, ein schwirrendes, wimmerndes Zwitschern, hoch im Geäst oder tief unten, bei all den verwobenen Wurzeln. Hier ist es nicht gut, dachte Musa.

Er stieg wieder hinauf, bis er das Plateau erreichte. Der Säbel, als er ihn wegzustecken versuchte, wollte nicht in die Scheide. Der Wald hatte in der Tat die Klinge verbogen. Musa legte Säbel samt

Scheide zum Tempelportal, um ihn morgen, wenn es Tag war, zu holen. Der Mond stand im Löwen. Die Nacht und der Tag und der Tag und die Nacht … Meister Musa kam ein Grauen an, das er nicht erforschen wollte. Er straffte die Schultern und verschränkte die Arme hinter dem Rücken.

Der Europäer saß neben dem Feuer und blickte hinunter aufs Meer. Die runde Kuppe des Berges, aus dem Gharapuri bestand, sah hier schroff und steil aus, als säße Niebuhr auf einer Klippe, gefährlich nahe an ihrem Rand. Meister Musa stellte sich Göttingen vor, klamm wie ein Keller, mit schmutzigen, krummen Straßen, und ebendort eine Kirche oder Academia voller naseweiser Christen. Dort war der Bursche aus Sietland gelandet, als seine Familie verarmte. Darauf hatten sie ihn zum Soldaten gemacht und nach Arabien geschickt, auf dass er die heiligen Städte heimlich, bücherlesend umkreiste und weiß Gott was dort suchte. Die Vermessenheit. Musa hatte sich alle Wörter gemerkt, die er von Niebuhr gelernt hatte, *Göttingen, Sietland, Babagah* und *bremische Elle,* und er würde sie sich auf immer merken, ob er wollte oder nicht.

Er wartete, ob Niebuhr das Teleskop nehmen würde. Fast immer nahm er es, wenn er sich alleine wähnte, und guckte nachts in den Himmel und tags an den Tempelwänden hinauf. Doch er bewegte sich nicht. Im Mondlicht schien er zu flirren, eine Täuschung des Blicks, so wie an heißen Tagen die Luft über dem Boden zu flirren scheint. Musa rieb sich die Augen. Ging jetzt alles zuschanden, nach der Nahsicht auch noch die Fernsicht? Vorhin hatte Niebuhr sein Augenglas untersucht. Musa hatte ihm lang und breit von einem persischen Schutzgeist erzählt, dessen Zauberrüssel vergreiste Augen behütet. Auch das würde er heimtragen und in Göttingen artig vermelden. Noch einmal rieb sich Musa die Augen. Dann lief er hin.

Da flirrte nichts. Niebuhr saß vornübergebeugt, die Arme um sich selbst geschlungen, und klapperte mit den Zähnen.

»Aha«, sagte Musa. »Ist es wieder so weit?«

Niebuhr nickte. Sein Kopf zitterte. Er hielt sein Kinn mit der Hand fest. Nun zitterte das Kinn samt der Hand.

»Geh in die Hütte hinunter. Steh auf.«

»Ich will nicht. Verzeihung.«

»Ich verjage die Leute. Du musst nur laufen. Auf, auf.«

»Ich will nicht!«

»Du willst hier nicht unter den Sternen bleiben. Du weißt, wie das wird.«

»Will ich«, sagte Niebuhr. »Danke. Geh weg.« Er konnte sich festhalten, so viel er wollte, er zitterte heillos und hilflos, mit klaffendem Mund und hochgezogenen Schultern.

Musa reichte ihm die Decke, auf der sie zu Abend gegessen hatten. Er fror.

»Erzähl«, sagte Musa

»Geh weg.«

»Das höre ich soeben zum zwölften Mal. Erzähl. Erzähl mir von Sietland.«

»Nicht gut«, stammelte Niebuhr, und einiges weitere mehr. Da kam schon die Muttersprache hinein. Wie schnell es diesmal ging. Wann hatten sie zu Abend gegessen? Wie lange war Musa im Wald? War das heute? War das schon gestern gewesen? Wann hatte es Ziege gegeben, wann Huhn? Musa schürte das Feuer und zog seinen Mantel enger zusammen. Niebuhr klappte den Mund auf und zu, als schmerze sein Kiefer, und drehte den Kopf hin und her, als schmerze auch dieser, als schmerze der ganze elende

Mensch. Jetzt blieb ihm die Luft weg. Er nestelte wild an seinem Gewand.

»Sag mir die Flamsteed-Nummern des Großen Bären, von der Schwanzspitze bis zum Kopf«, kommandierte Musa. Er langte hinüber und öffnete Niebuhrs Kragen.

»Kein Kind! Nicht versorgen!«

»Sag mir die Nummern.«

»Fünfundachtzig U-Ma ...« Niebuhr rang nach Atem.

»Neunundsiebzig U-Ma«, half Musa, »siebenundsiebzig U-Ma, fünfundsechzig U-Ma, dreiundfünfzig U-Ma ...«

»Siehst du nicht, nein, dreiundfünfzig«, keuchte Niebuhr.

»Dreiundfünfzig U-Ma? Den Gazellensprung? Und ob ich den sehe!«

»Nein! Geht nicht. Will nicht. Ich will nicht. *Ik will nich.*« Das war wohl ›ich will nicht‹ auf Deutsch.

»*Ik will nich*«, wiederholte Musa auf Deutsch. Niebuhr griff in die Luft, griff nach Musa, einmal und zweimal, erwischte ihn nicht und sank in sich zusammen.

»Malik«, flüsterte Musa. Schreien war nutzlos. Wo waren die Leute? Wo war das Schiff? Wartete es oder war es längst schon wieder in Manbai? Er nahm dem Kranken die Decke weg und den Turban vom Kopf. Er glühte. Kurdistan Nibbur. So heißt doch kein Mensch. Wo kommt er her und wo will er hin? Ich kenne ihn nicht. Was geht er mich an? Wie kann man nur sterben, mit solch erbärmlichem Namen? Es ist nicht an mir. Die Pest über Gharapuri.

Er legte die Hand auf die Stirn dieses Mannes, der wahrscheinlich am Sumpffieber litt. Eben war da noch ein Lappen gewesen. Hatten die Leute ihn wieder geholt?

Die Nacht war zu warm, den Kranken zu kühlen, das Meer war zu weit, die Wasserflasche war leer. Musa blickte hinauf in den Himmel. Der Mond stand im Zwilling, der fast volle Mond. Die Zeit war nicht in der Ordnung. Er schwitzte.

Und so begann er wiederum zu erzählen. Er erzählte von seinem Vater, alles, was noch nicht erzählt worden war, von dessen Leben in Lahore und Jaipur, im Tatarenland und in Bab asch-Schabran, von seinem Ruhm, seinen Taten, seinen erfundenen Taten und seinem Tod. Er erzählte von Mutter, von der es nichts zu erzählen gab, und von Mutters Vater und Großvater und von Mutters Brüdern und von seiner Tochter Nayyirah, die einmal, als sie sehr klein war, in Jaipur verlorenging und die halbe Stadt in Aufruhr versetzte. Er erzählte von sich, als er zehn war, von Jaisingh von Amber, seinen Taten, seinem Tod, und wie sie seine Leiche mit viel Pomp verbrannten samt all seinen Frauen und der schönen Astronomie. Wie die fürstlichen Söhne Ishwar und Madho das Observatorium nicht ehrten. Wie man dennoch sein Brot dort verdiente, Tag für Tag, Jahr für Jahr, Jahrzehnt für Jahrzehnt, weil die Sterne kreisen und kreisen und die Bücher nie fertig sind. Wie Ishwarsingh von Amber Gift trank und starb. Wie Madhosingh von Amber fetter und fetter wurde, bis eines Tages der Ehrenwagen unter ihm brach.

Manchmal hörte ihn Niebuhr und manchmal hörte er ihn nicht. Selten sagte er etwas, »geh weh« oder »danke« oder ein Gebet, das er für eine arabische Floskel höflicher Rede hielt. Sein Atem ging schwer. Er heizte die Luft um sich her mit seinem grausamen Fieber. Musa hatte die Lampe entzündet und das Feuer gelöscht.

Er räusperte sich, trank die Ziegenmilch aus und erzählte. Er erzählte von den Kalifen Umar und Ali, ihren Taten und ihrer Gerechtigkeit, und er erzählte Märchen, wie man sie Kindern erzählt, von einem Zaubertisch, der sich selber deckt, und vom Derwisch mit dem Hasen. Dabei legte er Niebuhr die Hand an den Hals und tastete wie ein Arzt seinen Herzschlag. Noch nie hatte Musa jemandes Herzschlag getastet. Es fühlte sich fremd an, vertraulich, verboten. Er verstummte mitten im Satz. Dann sagte er leise: »Lass dir nur Zeit, ich bin noch lange nicht zu Ende.« Niebuhr hörte ihn nicht. Sein Herz raste und stolperte. Alle sterben nach ihrer Art, dachte Musa. Da soll nicht der Falsche dabei sein. Er versuchte sich zu erinnern, wie es zuging, wenn Portugiesen starben; in Jaipur waren sie wie die Fliegen gestorben. Er wusste es nicht mehr. Wahrscheinlich hatte er es nie gewusst. Wahrscheinlich, wenn wieder einer gestorben war, hatte er sich ausgedacht, wie das wohl zuging. Nach welcher Regel. Nach welchem Gesetz. Ob einer dabeisaß und sang und dauernd das Kreuzzeichen machte, an dem sie so hingen. Ich will ein Schiff, dachte Musa. Ich will einen Arzt. Ich will einen Engländer. Dann zog er die Hand zurück und stand auf.

»Arzt«, sagte Musa. Er nahm die Lampe, seinen Mantel und die leere Ziegenmilchkanne und ging damit in den Tempel.

Er scheuchte alles auf, was darin schlief, Affen, Ziegen, Vögel, ein Wildhuhn und ein anderes Huhn und allerlei sonst, das unbestimmt davonhuschte. Mit langen Schritten ging er zum Schrein, den die hohen Figuren bewachten. Er stieg hinauf und steckte die Hand in das Loch im Boden. Noch immer stand Wasser darin. »Ha!«, rief er laut, viel zu laut, dann stopfte er seinen Mantel ins Wasser, bis er ganz vollgesogen war, und füllte auch die Kanne. Mit dem Licht, dem triefenden Mantel, der schwappenden Kanne machte er sich auf den Rückweg. Affen, eine Ziege, das Wildhuhn begleiteten ihn. Linkerhand, himmelhoch in der Wand, schlief der dreifache Kopf.

Musa hielt inne. Er wandte sich um. Die Ziege leckte die Wasserspur hinter ihm auf.

»Ich grüße dich«, sagte Musa. Er trat näher zur Wand und legte den Kopf in den Nacken.

»Deine Schlange verschlinge dich!« Das klang sehr hübsch und melodisch. »Die schwarze Zeit soll dich fressen!« Oh, das dumme Sanskrit.

»Dein Schlaf sei zerrissen!«, schrie Musa die Wand hoch, »Scharre am Kreuzweg! Darbe am Opfer! Heule des Nachts mit den Hunden, allförmig-formlos-verfluchter, ungeborener Hurensohn!«

Ein Affe kreischte. Alle Affen begannen zu kreischen, die Affen im Tempel, die Affen im Wald, alle Affen von Gharapuri begannen zu kreischen.

»Jawohl«, sagte Musa. Dann machte er kehrt.

Niebuhr war nicht bei Bewusstsein. Er zog ihn aus bis aufs Unterzeug, klatschte den nassen Mantel auf all die elende Hitze und wickelte ihn ganz darin ein. Dann setzte er sich daneben, grimmig, die Hand an der Kanne. Wenn der Mantel warm ist, mache ich ihn wieder kalt.

Es war finster. Musa blickte in den Himmel. Kein Mond, keine Sterne.

Es begann zu regnen.

X

»Der Elefant bricht bald auseinander«, sagte Captain Phelps zu Mr. Tunbridge.

Von Salsette her steuerten sie auf Elephanta zu. Das große Denkmal, das der Insel den Namen gab, war schon von weitem zu sehen, ein reizloses Gebilde, schwarz und halb zerstört. Anderthalb Beine fehlten und der Rüssel war bloß noch ein Stumpf.

»Man sollte ihn reparieren!«, rief Mr. Harrington. Er stand am Segel und zeigte den indischen Boys, wie ein Bunder-Boat recht durch den Wind zu drehen war. Daran hatte er ein solches Vergnügen, dass sie seit einiger Zeit im Zickzack fuhren. Mr. Harringtons sportliches Naturell kam in seinem Amt als Hafeningenieur immer zu kurz.

Captain Phelps und Mr. Tunbridge waren nicht der Ansicht, dass man den Elefanten reparieren sollte. Vieles wollte Mr. Harrington reparieren. Alle Altertümer auf allen Inseln vor Bombay hatte er bereits ins Auge gefasst, auch die Brunnen, die indischen Märkte, die papistische Kirche Unserer Lieben Frau der Guten Hoffnung – alles außer den Docks der Handelsgesellschaft, für die er zuständig war.

Captain Phelps lenkte Mr. Harrington vom Segel ab und die Inder steuerten geradewegs in den Hafen.

Es waren nur ein Steg und ein paar Pflöcke. Mr. Harrington vertäute persönlich das Schiff. Der Jungfaktor Tunbridge aus der

Faktorei beim Kastell sah Elephanta heute zum ersten Mal. Er war erst kürzlich nach Bombay gekommen, weshalb man ihm alle Sehenswürdigkeiten noch zeigen musste. Sie nahmen ihre Flinten und gingen an Land. Die Burschen folgten mit dem Gepäck.

Auf einem gut gebahnten Fußsteig ging es bequem durch die Hügellandschaft bergan.

»Wie in Derbyshire«, seufzte Phelps. Mr. Tunbridge kannte Derbyshire nicht. Wenn es aussah wie hier, dachte er bei sich selbst, so müsste sich Phelps nicht stets danach sehnen.

Obwohl er der Neuling war, gerierte sich Mr. Tunbridge bereits orientalisch. An freien Tagen trug er über den Breeches eine weite Chemise aus Leinwand, floral bestickt, und auf dem Kopf einen chinesischen Strohhut; ein wenig aus Gesundheitsbedenken und vielleicht auch ein wenig aus Spleen. Phelps und Harrington sahen aus wie zuhause. Captain Phelps trug sogar standhaft Perücke.

Schon in den ersten Minuten des Aufstiegs fanden sie eine winzige Cobra capella, die mitten auf dem Weg lag. Phelps stieß sie mit der Stiefelspitze an, doch sie rührte sich nicht. Vielleicht war sie tot. Es lohnte sich nicht, dafür die Flinten zu laden. Mr. Harrington lehrte die Boys, die mehr schlecht als recht Englisch verstanden, allerlei über Flinten.

Ein großes, hageres Frauenzimmer in Lumpen kam ihnen entgegen, dem eine Greisin, vielleicht die Mutter, gebückt am Rockzipfel hing. Sie bat mit einer Schale um Almosen. Mit ausgestrecktem Arm legte Phelps ein paar Münzen hinein. Die Greisin roch schlecht und die jüngere Frau sah verhärmt und auf tragische Weise verlaust aus; da wollte man sich nichts einfangen. Nur Mr. Harrington, der Sammler war, wagte sich näher heran. Er wollte die Bettelschale in Augenschein nehmen. Sie war ungewöhnlich geformt, gelblich weiß, aus Stein oder Bein geschnitten und schmiegte sich gut in die hohle Hand.

»Es erschließt sich mir nicht, wie man im offenen Land so verlausen kann«, meinte Captain Phelps.

Das Frauenzimmer und Mr. Harrington hielten die Schale, sie am einen, er am anderen Rand, während die kleine Greisin die herausgeschütteten Münzen bewachte.

»Auf Schiffen, in Kasernen, in Kerkern, in Schulen – das leuchtet mir ein. Doch an der frischen Luft und in der freien Natur …«

So schön war die Schale nun auch wieder nicht. Mr. Harrington ließ sie los. Das Frauenzimmer dankte und ging mit der Alten davon.

»Warum man auf einer Insel, worauf nur Bettler wohnen, mit einer Schale zum Betteln geht, bleibt ebenfalls ein Mysterium«, befand Captain Phelps.

Nun fanden sie eine lebendige, größere Schlange und luden doch die Flinten. Bis sie damit fertig waren, hatte sich die Schlange entfernt. Mr. Harrington erklärte Mr. Tunbridge die Altertümer, die sie gleich sehen würden; die wollte er auch reparieren. Eines Tages, so Harrington, wenn Englands Herrschaft gefestigter wäre, würde er die Handelsgesellschaft um Unterstützung bitten und die Altertümer so sehr reparieren, dass man Bankette oder gar venezianische Feste darin veranstalten könnte. Dies wäre gewiss sehr malerisch. Wenn Bombay und Salsette ganz englisch und weniger fürchterlich wären, würden endlich auch Frauen herüberkommen. Da Tunbridge mit Phelps nach Schlangen suchte, spazierte Harrington jetzt allein. Schöne, geistreiche Damen, mit gutem Blick für die Schätze des Morgenlands, würden eines Tages in Bombay schiffsladungsweise erscheinen. Um diesen Tag zu erleben, lohnte es sich, an den Docks zu rackern, die immer schon zu versinken begannen, kaum hatte man sie gebaut.

Ein Schuss zerriss die Stille. Vielleicht hatten sie endlich eine Schlange erwischt. So viele Häute hatte Mr. Harrington schon gesammelt, dass er nicht mehr wusste, wohin damit. Mr. Tunbridge konnte gewiss noch welche gebrauchen. Gelegentlich würde Harrington ihm erklären, dass man sie, stand einem der Sinn nach Trophäen, besser erschlug als erschoss. Er war weit vorausgelaufen. Dort ging es schon zum Tempelportal. Im Gestrüpp sah er etwas glitzern. Vorsichtig, mit immer breiterem Lächeln, löste er etwas aus dem Unterholz, das dort ein wenig eingesunken und von Unkraut umwachsen lag: einen eleganten Sarazenensäbel, gewiss antik, prachtvoll erhalten, dazu separat dessen Scheide.

»Süßer Jesus, die Pocken«, hauchte Harrington. Er neigte dazu, vor Freude zu fluchen. Goldblumen mit Blättchen aus Jade auf den Beschlägen. Auf der Klinge beiderseits Kalligraphie. Warum hatte das noch niemand gefunden? Waren die Leute blind?

Mit Genuss steckte er den Säbel in die Scheide und er glitt flüsternd hinein, als habe ihn eben noch jemand geölt. »Gottverdammt«, seufzte Harrington. Dann holte er Luft, um nach Tunbridge und Phelps zu rufen, damit sie heraufkämen, ihn zu beneiden.

Er wandte sich um.

Auf der Ebene vor dem Tempelportal, in der prallen Sonne, zwischen allerlei Stoff und Geschirr lag ein Mann, fast nackt, wohl tot, bäuchlings im Schmutz und ein zweiter, der neben ihm schlief. Er lag auf der Seite und schnarchte. Eher dick. Schwarzer Bart. Mohammedanische Tracht.

»Mord!«, schrie Harrington, »Mord! Mörder! Mörder! Mord! Mord! Mord!«

Der Säbel war ihm aus der Hand gefallen. Er zielte mit dem Gewehr.

Der Mohammedaner kam nur mühsam zu sich. Er blinzelte in die Sonne, hinauf zu Harrington, dessen Flintenlauf wackelte wie ein Lämmerschwanz, was unverzeihlich blamabel war, dann schlief er, scheint's, wieder ein.

Da kamen schon Phelps und Tunbridge mit den Boys gelaufen. Phelps hielt die Flinte im Anschlag, Tunbridge versuchte im Laufen zu laden, was ihm nicht gelang.

Noch einmal schrie Harrington: »Mord!« Es kam mit hoher Stimme heraus. Mr. Tunbridge und die Boys blieben stehen. Captain Phelps drängte tapfer vorwärts. Er hatte den Franzosen Pondicherry und Mahé entrissen, als Fähnrich unter General Clive. Er herrschte den Mohammedaner an und weckte ihn endlich ganz auf.

Erst jetzt schien er den Toten an seiner Seite zu sehen. Entschlossen rollte er ihn vom Bauch auf den Rücken. Da begann er zu strampeln und um sich zu schlagen und es war, sehr lebendig, Herr Niebuhr, der letzte Mann der dänischen Expedition.

Phelps und Harrington ließen die Flinten sinken. »Was?«, fragte Tunbridge. Er hatte Herrn Niebuhr bislang noch nicht kennengelernt.

Der Mohammedaner griff nach Herrn Niebuhr und hinderte ihn unsanft am Strampeln. Dabei wedelte er in Richtung der Engländer mit der Linken, eine freche Geste zwischen Kapitulation und Verachtung. Herr Niebuhr erwachte, aus bösen Träumen, so schien es. Er schlug die Hand des Mohammedaners weg und stotterte etwas auf Deutsch. Dann erst sah er Harrington, Tunbridge und Phelps. Er griff allerlei Stoff, der zerknüllt umherlag, und versuchte ihn anzuziehen. Er war sehr blass. »Guten Morgen«, sagte er heiser auf Englisch, »ich bin erfreut, Sie zu sehen, Sie haben ein Schiff, nicht wahr?«

Mit bekümmerter Miene untersuchte der Mohammedaner einen interessanten, wenn auch verschmutzten orientalischen Mantel, der wohl als Bettzeug gedient hatte, dann stand er auf. Er sagte etwas, das naturgemäß niemand verstand, und bückte sich nach dem Säbel, der neben Mr. Harrington lag. Captain Phelps bewegte ein wenig die Flinte. Der Mohammedaner trug seine Waffe davon, am ausgestreckten Arm und in etwas spöttischer Weise, und begab sich damit in den Schatten. Dort begann er mit großer Ausdauer herumzuschreien, immer denselben Fluch.

»Was ist hier bitte passiert?«, erkundigte sich Mr. Tunbridge.

Phelps und Harrington warfen ihm Blicke zu. Die Höflichkeit gebot Diskretion. Sie stellten Mr. Tunbridge Herrn Niebuhr vor und Herrn Niebuhr Mr. Tunbridge.

Der Mohammedaner lief umher und schrie aus vollem Hals, er schrie in den Wald und in die Tempelruine hinein, als sei er nicht recht bei Verstand. Herr Niebuhr ignorierte ihn, als zwitscherte dort ein Vogel, also beschlossen Harrington, Tunbridge und Phelps, ihn ebenfalls zu ignorieren.

»Gewiss haben wir ein Schiff«, sagte Phelps. »Möchten Sie abfahren, Sir? Jetzt gleich? Wohin?«

»Möchten Sie frühstücken?«, fragte Tunbridge.

»Ja, bitte, nach Bombay.« Niebuhr war aufgestanden. »Und nein, nein danke. Ich kam gestern herüber, um Salomos Gericht zu sehen. Da bekam ich unerwartet das Fieber. Mein Schiff fuhr davon. Es ist überaus lächerlich. Ich bitte Sie sehr um Verzeihung und ich bin Ihnen sehr verbunden.«

»Keine Ursache«, sagten Harrington, Tunbridge und Phelps. Harrington warf verstohlene Blicke auf den fantastischen Säbel des Mohammedaners. Man konnte wohl schlecht auf dem Recht des Finders beharren. Und er war ja wohl doch nicht antik.

Herr Niebuhr hatte sich inzwischen weitgehend bekleidet und ein wenig Farbe war in sein Gesicht zurückgekehrt.

»Geht es Ihnen besser?«, fragte Phelps.

»Ja, nicht wahr?«

Niebuhr schien dies nicht weiter vertiefen zu wollen. Das verstand Captain Phelps. Die Gesundheit der dänischen Reisenden war ein betrübliches Thema.

Meister Musa schrie ein letztes Mal »Malik«, dann seufzte er und verstummte. Man würde überall herumsteigen müssen, um ihn zu suchen. Er zerrte an seinem Turban, um ihn halbwegs in Ordnung zu bringen, ohne ihn neu wickeln zu müssen, und schaute dabei Niebuhr zu, der mit den flintenbewehrten englischen Affen artig parlierte, als sei dies ein Gartenfest. Die vergangene Nacht lag hinter Schleiern.

Meister Musa schlenderte hinüber und stellte sich neben Niebuhr auf.

»Gegrüßt sei Britannien«, sagte er auf Lateinisch, »verkauft ihr Brillen Europas in eurer Kolonie?«

Sie gafften ihn verständnislos an. Vielleicht verstanden sie kein Latein. Musa kannte es vor allem aus Büchern. Vielleicht sprach er die Wörter falsch aus.

»Frag sie …«, fuhr er Niebuhr auf Arabisch an, dann hielt er inne. Der Wunsch nach einer europäischen Brille war strenggenommen nicht dringlich.

»Darf ich vorstellen«, begann Niebuhr auf Englisch, »Ustad Musa al-Munaggim ibn Zayn ad-Din …« Er unterbrach sich. »Das ist mein Freund. Sein Schiff fuhr ebenfalls ab. Er hat einen Diener, Malik. Den müssen wir jetzt suchen.«

»Was …«, begann Musa.

»Malik finden«, fiel ihm Niebuhr ins Wort, »und hinüber nach Manbai! Auf, auf!«

So schwärmten sie aus: Niebuhr, al-Lahuri, Tunbridge, Harrington, Phelps. Nur die Boys, von unklarem Grauen berührt, waren dazu nicht zu bewegen. Dicht aneinandergedrängt liefen sie hinunter zum Hafen, kauerten sich gleich beim Schiff auf den Steg und beteten leise Ave Marias, zwischen Kisten mit Munition und Proviant. Die Schüler der portugiesischen Mission waren für Abenteuer nicht zu gebrauchen.

Es dauerte fast eine Stunde, bis Tunbridge endlich jemanden fand. Mitten im Wald lag zusammengerollt ein halbnackter indischer Junge, der im Schlaf einen Baumstamm umarmte. Mr. Tunbridge rief »Malik«, bis er endlich zu sich kam. Da liefen auch schon Niebuhr und Phelps herbei, gefolgt vom Mohammedaner. Der Junge namens Malik flog ihm in die Arme wie ein Kind seiner Mutter und begann dort vollends haltlos zu schluchzen.

»Die Insel der Nackten«, flüsterte Mr. Tunbridge Mr. Harrington zu. Mr. Harrington grinste. Er strebte zum Hafen.

Ohne Altertümer, ohne Frühstück, ohne Schlangenhaut fuhren sie ab. Der Mohammedaner hielt noch immer seinen heulenden Malik im Arm, Mr. Harrington zeigte den Boys das Segeln, Mr. Tunbridge versuchte mit wenig Erfolg, über dieses und jenes zu plaudern, und Herr Niebuhr stand mit Captain Phelps an der Reling.

»War dieser Hafen schon immer hier?«

Dazu fiel Phelps nichts ein.

Sie blickten nach Elephanta zurück. Am Strand suchten Leute nach Muscheln. Jemand hatte Palmenstämme mit roter Farbe bemalt.

»Es ist ein seltsamer Ort«, sagte Niebuhr.

XI

Göttingen, A. D. 1767

In seinem Zimmer im Gasthof zum König von Preußen, neben einem anständigen Sessel, bei dem ein anständiges Tischchen stand, hockte Carsten Niebuhr auf den Fersen und ordnete auf dem Bohlenboden seine Papiere. Es war eine Grille, von der er nicht lassen konnte. Jeder Stuhl beengte ihn und jeder Tisch erschien ihm zu klein.

Die Papiere füllten nur zwei Mappen: ein paar Briefe, ein kleiner Teil von Forsskåls Notizen und ein paar dazugehörige Skizzen von Baurenfeind. Das große Gepäck hatte er mit zwei Dienern von Warschau direkt nach Kopenhagen geschickt; in Göttingen wollte er nur wenige Tage verbringen.

Er reiste allein. Das genoss er immer. Er sortierte Forsskåls Blätter nach Kategorie, Kräuter, Sträucher, Fische, Mollusken, viele arabische Schlangen. Herr Forsskål hatte doch noch viel mehr als die hässliche Nessel entdeckt. Das sollte die Welt erfahren.

Niebuhr strich sich die Haare aus den Augen. Er hatte sie aus dem Zopfband geschüttelt und dann das Zopfband verloren, wie es ihm dauernd passierte. Kaum waren die Diener fort, verließ ihn aller Anstand und er ging unrasiert, mit fliegendem Haar und in Hemdsärmeln umher wie ein Freigeist oder Räuber.

Der letzte Teil der Heimfahrt war lästig gewesen. Von Moldawien bis Polen herrschte überall die Pest, was die Leute verständlicherweise verdross; die Stimmung war trübe, die Gasthäuser freudlos und die Bediensteten plagte die Furcht. Niebuhr selbst focht die Pest nicht an. Irgendwann, irgendwo auf der langen Reise hatte sich die Natur seines Körpers verändert und er wurde nicht mehr krank.

In den acht Jahren, die seit seinem Aufbruch vergangen waren, hatte sich in Göttingen viel zum Guten gewendet. Der Krieg war vorbei, die Franzosen fort. Nun war es nachts dunkel und man konnte die Milchstraße sehen. Dies war der erste Grund, warum er nach Göttingen kam, statt gleich nach Kopenhagen zu fahren: um Mayers Witwe zu besuchen. Professor Mayer war in seinem Kopf und Herzen eng mit der Milchstraße verknüpft, mit ihrer Schönheit und Sichtbarkeit. Er war vor fünfeinhalb Jahren am Typhus gestorben, während Niebuhr am Nil saß und ahnungslos kartographierte; erst nach seiner Rückkehr aus Persien hatte er in Aleppo, wo es plötzlich Post gab, die Nachricht erhalten.

Den Besuch hatte er gestern erledigt. Frau Mayer war eine brave Frau. Mayers Sohn war schon fünfzehn. Er hatte ihm die Geschenke gegeben, die er in Persien für Mayer gekauft hatte, und dann war das Gespräch bald ins Stocken geraten. Nie zuvor hatte er Mayers Haus gesehen. Er kannte ihn nur aus der Sternwarte. Vielleicht, dachte er, als er plötzlich in seinem Salon saß, rasiert, bezopft und in gewisser Weise fremd auf der Welt, vielleicht war seine Freundschaft mit Mayer de facto doch nichts als ein Hirngespinst. Professor Mayer hatte ihn in der Astronomie unterrichtet. Vielleicht war das alles gewesen. Vielleicht war seine Liebe zu Mayer nichts als Sehnsucht gewesen und nicht eine Liebe zwischen Mayer und ihm. In Bombay, erinnerte sich Niebuhr, hatte er sich so sehr nach Mayer gesehnt, dass ihn fast der Mut zum Leben verlassen hatte. Danach war alles besser geworden. In Bombay, nach Cramers Tod, als er endlich allein war, wurde alles besser und gut. Ich bin, dachte Niebuhr, und es schmerzte ihn kaum, für Freundschaft nicht geschaffen.

Er packte Forsskåls Papiere weg, trank sein Viertel Franzwein aus und legte sich in den Kleidern aufs Bett. Es war ruhig im König von Preußen, angenehm ruhig und sauber. Persepolis, dachte Niebuhr. Und wie gerufen, wie immer bei diesem Wort, kam es über ihn: eine große, heiße Welle dankbaren Staunens. Persepolis, wie es dort stand, so alt, am Fuß des Gebirges. Neunzehn stolze Säulen, von der Zeit kaum berührt, und die wandernden steinernen Männer, die riesigen, stillen, steinernen Tiere, das Einhorn, der Löwe, der Stier, die bärtige Sphinx. Hell polierte Marmorfliesen, die aus dem Geröll hervorschienen, wo man sie nicht erwartete, und worauf einst Leute gingen oder Fuhrwerke fuhren, als der Palast oder Tempel ganz neu war. Die Mauern, perfekt ohne Mörtel und Klammer aus großen Blöcken geschichtet, und dabei halb losgerissene Brocken der Felswand, als hauten die Toten bis heute neue Steine zurecht und bauten ihre Mauer heimlich immer noch höher. Der verhangene Himmel. Das unwirklich matte Licht. Man kopiert, ohne Auftrag, die gesamte Beschriftung. Dreieck, Pfeil, Pfeil. Dreieck, Dreieck mit Querstrich. Keiner weiß, was das heißt. Keiner braucht es zu wissen. Pfeil, Pfeil, Pfeil, Abwärtspfeil. Durchkreuzter Pfeil. Pfeil, Dreieck, Pfeil mit Querstrich. Es wird Abend und Nacht. Jemand treibt Schafe vorbei. Doppelpfeil, Doppelpfeil, Dreieck, Dreieck. Die richtige Reise. Der richtige Mann am richtigen Ort. Dreimal Schrägpfeil, gestrichen, und Dreieck, und der Schafhirt spielt Flöte, ein langes, trauriges Lied, das näselt und dauernd im Kreis geht. Welch reiche Gaben. Niebuhr schlief ein.

Am nächsten Morgen, gleich nach dem Frühstück, lief er mit seinen Papieren zur Londonschänke hinüber. Die hatte Professor Michaelis vor einer Weile gekauft und residierte und lehrte nun dort. Mit einem kurzen Gruß, der kaum das Mindestmaß an Höflichkeit wahrte, schlüpfte Niebuhr zur Tür hinein, als ein anderer gerade herauskam, passierte unbeirrt Diener, Famuli, Studenten, Gäste, mehr Diener, mehr Studenten und noch weitere Gäste, stieg die Treppe hinauf, sprach auf gut Glück einen an, der Bücher umhertrug, wo der Hausherr sei, fand den Weg, fand die Tür, klopfte, wartete kurz und trat dann geradewegs ein.

Michaelis saß an einem Tisch und schrieb.

»Guten Tag«, sagte Niebuhr, »Sie haben gewiss schon vernommen, dass ich zurück bin, und nun komme ich eben bei Ihnen vorbei, denn ich habe eine Bitte.«

Michaelis ließ die Feder sinken. Er trank einen Schluck, murmelte »Kreuzsakrament«, dann begann er zu lachen.

»Entschuldigen Sie den Überfall.« Niebuhr verbeugte sich. Das hatte er zuvor versäumt.

Michaelis bot seinem Gast keinen Stuhl an. Sein Lachen kam nicht recht in Schwung. Er musterte den Heimgekehrten mit ein wenig Erstaunen und mittlerem Interesse. »Sie haben sich nicht verändert.«

»Doch«, sagte Niebuhr.

»Womit kann ich dienen?«

»Ich habe Herrn Forsskåls Notizen geerbt. Es steht vieles darin, das mir neu und wichtig erscheint. Einen Teil, falls Sie ihn sehen möchten, habe ich hier. Es gehört in den Druck, und zwar bald, denke ich, falls wiederum einer auf Reisen geht. Damit keine Zeit in Arabien verschwendet wird, indem man alles doppelt und dreifach erforscht.«

»Wenden Sie sich an Linné.« Michaelis hatte die Feder wieder aufgenommen und drehte sie in den Fingern.

»Ich habe Professor Linné schon geschrieben. Er antwortet nicht. Er antwortet mir ebenso wenig wie Sie.«

Michaelis schenkte sich Wein nach. Er warf einen Blick auf die Taschenuhr, die offen auf seinem Schreibtisch lag.

»Kümmern Sie sich bitte um Forsskåls Papiere.«

»Und Sie? Wonach steht Ihnen der Sinn, Herr Niebuhr?«

»Ich fahre morgen nach Hadeln. Mein Onkel hat mir seinen Marschhof vererbt. Den muss ich sehen. Dann fahre ich nach Kopenhagen und erstatte Bericht.«

»Mir erstatten Sie keinen Bericht«, sagte Michaelis. Es klang nicht wie ein Befehl, nicht wie ein Vorwurf, nicht bedauernd, nicht fragend, nicht wie irgendetwas von Belang.

Niebuhr blickte ihn an. Er konnte seine Miene nicht lesen. »Nein«, sagt Niebuhr.

»Das Glück ist Ihnen hold«, stellte Michaelis fest.

»Kümmern Sie sich bitte darum. Ich bin nicht akademisch verbunden. Ich kenne Linné nicht. Ich will nicht nach Uppsala fahren. Herr Forsskål ist in Ihrem Auftrag gereist und gestorben. Er war ein guter Physikus und hat gute Dinge gefunden, nun sorgen Sie gnädigst dafür, dass alles kopiert wird, rasch in den Druck kommt und ein gutes Ende findet.«

»Ich freue mich, dass Sie noch leben«, sagte Michaelis.

Niebuhr hatte seine Mappe auf den Tisch gelegt und stützte sich mit beiden Händen darauf. Er stand still, ein wenig nach vorne gebeugt, und schwieg. Da saß er, Michaelis, der kleine Mann mit den großen Ideen. Persepolis, dachte Niebuhr. Etwas bebte in seinem Hals. Er schluckte. Dann begann er zu lachen.

»Gleichfalls«, lachte Niebuhr, »pardon, und ich meine es von Herzen ehrlich.« Michaelis lachte bereitwillig mit.

»Sie möchten sich nicht um Forsskål kümmern?«

»Nein, das möchte ich nicht.«

Niebuhr nahm die Mappe vom Tisch und ging zur Tür.

»Leben Sie wohl«, sagte Michaelis.

Die Hand an der Klinke, drehte sich Niebuhr noch einmal um. »Ich danke Ihnen«, sagte er mit Bedacht, »für Ihren Plan, für die schöne Gelegenheit, und besonders für Persien, was mir am besten gefiel.«

Er verneigte sich und verließ Zimmer und Haus.

Nach Mayers Tod hatte man die Sternwarte auf dem Südturm Professor Kästner anvertraut. Niebuhr hatte zeitweise die Mathesis unter ihm studiert. Er konnte sich kaum noch an ihn erinnern. Kästner war vor allem ein Geometer, der neuerdings jedoch seine Tage mit dem Dichten komischer Verse verbrachte, wie Frau Mayer erzählte, weshalb ihm für die Sternwarte wenig Zeit blieb. Sie befinde sich nicht in gutem Zustand. Niebuhr hatte zu erlauschen versucht, ob Frau Mayer dies bekümmerte. Er hatte keinen Kummer entdeckt. Der Gedanke kam ihm, Kästner zur Ordnung zu rufen, doch er entschied sich dagegen.

Den Rest des Tages verbrachte er damit, an Professor Kästner zu denken und sich über dessen komische Dichtung zu ärgern, obwohl er sie nicht kannte und sie ihn auch strenggenommen nichts anging. Er saß in seiner Stube im König von Preußen, trank abwechselnd Kaffee und Tee und wünschte sehr den Zeitpunkt herbei, da endlich die Post nach Hadeln ging.

Er traute sich nicht auf die Straße. Dort würde er vielleicht Bekannte treffen und mit allen reden müssen und Fragen beantworten und sich artig bedanken, wenn man ihm gratulierte; das wollte er nicht riskieren. Selbst in die Wirtsstube wollte er nicht. Er lag auf dem Bett und trank Kaffee und Tee, bis seine Zunge pelzig wurde. Zum Nachmittag hin bestellte er kalten Braten aufs Zimmer und aß ihn im Sessel, am Tischchen, mit Messer und Gabel, wie man dies eben tat. Carsten Niebuhr hatte mit Göttingen nichts mehr zu schaffen.

Kurz vor Mitternacht, nach mehreren Stunden Schlaf, schreckte er hoch, stieg aus dem Bett, zog sich an, steckte das Werkzeug aus Dschidda ein und lief auf die Straße. Er rannte die Weendergasse entlang, am Jacobikirchhof vorbei, über den Kornmarkt und weiter nach Süden. Im Hurenquartier kaufte er einer Hure ihr Licht ab, weil er vergessen hatte, eines mitzunehmen. Da stand er schon vor dem Observatorium. Es war, wie erwartet, verschlossen, und so musste er denn das Werkzeug erproben.

Er hatte es in Dschidda von einem Türken gekauft, weil er es merkwürdig fand: mehrere gestielte eiserne Haken, verschieden gekrümmt und zusammen in einen Ring gehängt, auf dem sich einige Kalligraphie befand. Ein bäuerliches Musikinstrument, eine schlichte Rassel hatte er darin vermutet oder ein sakrales Objekt, dessen Nutzen ihm rätselhaft war. Er hatte es zu Forsskål getragen, der krank lag, und Forsskål hatte gestöhnt: »Niebuhr, Sie harmloser Mensch, das ist ein Dietrich und wenn auch Gottes Wort gleich dreimal darauf steht, er ist hübsch, ich bin neidisch, heben Sie ihn bloß gut auf.« Niebuhr lächelte. Er würde Forsskåls Papiere selbst edieren, mitsamt all dem verfluchten Latein.

Nur einmal war er bislang in Versuchung geraten, das Ding zu probieren, nicht weit vom Grab des Kalifen Ali. Dort stand verschlossen ein kleines Haus, das ihm unbewohnt und historisch bedeutsam erschien; er hatte es indes nicht gewagt.

Nun schob er den ersten Haken ins Schloss der Sternwarte. Und schon dieser öffnete ihm spielend die Tür, als habe der türkische Diebsschlüssel nur darauf gewartet, eines Tages Mayers Turm für ihn aufzuschließen.

Er war düster und kalt. Niebuhr stieg die Treppen hinauf. Die Tür des Observatoriums stand sperrangelweit offen, als sei das Gebäude schon leer und warte auf seinen Abriss. Er trat zögerlich ein. Alles war noch darinnen, so schien es, Möbel, Gerätschaft und Instrumente, ganz wie es früher war. Nur der Ausguck war mit Brettern vernagelt. Jemand hatte eine Decke nachlässig über den Mauerquadranten geworfen, sie war halb heruntergerutscht, darunter sah man den Tubus. In fünf Jahren hatten Herr Kästner und seine Faktota es nicht für nötig gehalten, den Tubus vom Mauerquadranten zu nehmen und zu verpacken, um ihn vor Staub und Feuchtigkeit zu bewahren.

Niebuhr begann zu suchen, ob er die Kiste fand, worein dieser Tubus gehörte, doch fand er sie nicht. Er fand allerlei andere Kisten, Bücher, Papiere, Tabellen, angefangene Briefe; niemand hatte hier aufgeräumt. Ich werde dem Kästner schreiben, dachte er, und ihm die Leviten lesen, und Frau Mayer sollte sich schämen. Er stand still, eine Hand am Quadranten, und blickte hinauf zu den Balken, die den Himmel verschlossen. Dann sagte er laut: »Sie sind alle gestorben und ich bin wieder da.«

Seine Stimme klang schaurig. Der Raum hallte, als sei er leer, dabei war er doch voller Gerätschaft. Wie töricht es war, mit dem Zimmer zu reden, als sei ein Teil von Mayer noch hier.

Man muss, wenn man gereist ist, zuhause davon erzählen. Diese Weisung hatte er auf Arabisch im Ohr wie schon zuvor bei Michaelis, und er wusste immer noch nicht, woher sie stammte, wer sie ihm gegeben hatte, warum sie ihm so eindrücklich im Gedächtnis geblieben war. Vielleicht stammte sie aus dem Jemen oder aus Hindustan. Auf diese Etappe der Reise blickte er zurück wie durch eine trübe Linse. Wäre Mayer noch hier, könnte man ihm davon erzählen. Ich hatte so hohes Fieber, könnte man Mayer erzählen, dass ich den halben Teil des Wegs verpasste, denn ich war wie im Traum und verstand nicht, wie mir geschah.

Niebuhr blickte zu den Balken hinauf, hinter denen der Ausguck war, und erinnerte sich nicht mehr. In diesem Augenblick, an diesem Ort, war die gesamte Reise verschwunden. Er erinnerte sich nur an Mayer, er erinnerte sich an den Halleyschen Kometen, der vor acht Jahren durchs Perihel ging und Mayer so tief ins Gemüt fuhr, dass er Tränen darüber vergoss. Er erinnerte sich an sich selbst: wie peinlich ihn dies damals berührte. Ich könnte dir erzählen, dachte Niebuhr, und schon war die Sie-Form dahin, ich könnte dir, wenn du denn hier wärst, vielerlei Dinge erzählen, denn ich habe erstaunliche Orte bereist und viel Schönes erlebt.

Nichts Weiteres fiel ihm ein. Er drehte das Licht hoch und begann noch einmal gründlich zu suchen, ob er die Kiste fände, worein der Tubus gehörte, der am Mauerquadranten befestigt war.

XII

Jaipur, A. H. 1197 / A. D. 1783

Haddschi Musa al-Lahuri setzte die Brille auf, öffnete das französische Buch an der Stelle, an der ein anderes, dünneres Buch als Lesezeichen darin lag, und übersetzte:

»Es sind die Perser viel höflicher gegen Fremde als die Türken und Araber. Und darum ist es sehr richtig, dass man sie die Franzosen des Orients nennt. Wenn andere Reisende sie beschreiben als Leute, deren Worten man besser nicht glaubt, so ist das wohl ebenfalls richtig.« Das ließ er wirken. Dann setzte er triumphierend hinzu: »Und dies ist das dümmste Buch von allen.«

»Ich widerspreche Euch ungern, Papa«, meinte Nayyirah, »doch das Würmerbuch war dümmer.«

Sie spielten dieses Spiel seit einem guten Vierteljahrhundert. Als sie es erfunden hatten, war Nayyirah ein kleines Mädchen gewesen; jetzt hatte sie die dreißig längst überschritten und erwartete dieser Tage ihr fünftes Kind.

Es war ein Spiel ohne Ende: das dümmste Buch zu bestimmen, das der Mensch mit den Büchern nach Jaipur brachte. Nie wurde man fertig damit, denn immer kamen neue Bücher hinzu, deren Dummheit geprüft werden musste. Der Mensch mit den Büchern – anders nannte ihn Musa nie – war ein Händler, der jedes Jahr kam und Waren brachte, die sonst niemand brachte: rätselhaften, kuriosen Unfug, der auf den englischen Routen in seinen Besitz kam, sowie ein wenig sehr teuren Shiraz. Wein kaufte Musa längst nicht mehr; Bücher, falls sich welche unter all dem Unfug befanden, kaufte er immer und trug sie glücklich nach Hause, um sie mit Nayyirah stundenlang zu verhandeln.

Fast alle stammten aus Europa. Sie landeten vielleicht nur deshalb in Jaipur, weil jemand Kisten mit zerbrechlichen Gütern damit gepolstert hatte. Musa las alles. Mit Latein verstand man das meiste, nur Englisch und Deutsch waren unangenehm. Jedes Jahr aufs Neue, wenn der alte Astronom all sein papierenes Treibgut ohne Feilschen und mit großer Freude erwarb, war der Händler so baff, dass er ihm lauter Kleinkram gratis dazugab, Stoffmuster, Etuis für dieses und jenes, chinesische Kugeln, die klingelten und zu weiß Gott was dienten; das bekamen dann Musas Enkel zum Spielen.

Nayyirah hatte das Buch aus seinen Händen genommen, balancierte es auf ihrem Bauch und blätterte es durch.

»Kein Buch, das nicht von Würmern handelt, ist so dumm wie das Würmerbuch«, stellte sie nach einer Weile fest.

Das Würmerbuch war ein lateinischer Traktat über Würmer. Es hieß *Traktat über Würmer*. Er war hundert Jahre alt und dreihundert Seiten lang und handelte auch bei genauer Betrachtung von nichts anderem als von Würmern.

»*Per definitionem*«, setzte Nayyirah mit schöner Betonung hinzu. Sie hatte alles von Musa geerbt: das Talent für Sprachen, das Talent für Mathematik und auch die grünen Augen. Wenn man dich ließe, sagte er oft, könntest du das Observatorium leiten. Doch das Observatorium war schon seit vielen Jahren zuschanden, nichts als ein Trümmerhaufen aus Backstein und Kalk, und Nayyirah bint Musa musste Kinder bekommen, lauter Söhne, einer schöner als der andere, alle gesund und klug und ganz nach der Mutter geraten. Sie wohnte mit ihrer Familie gleich im Haus nebenan. Musa fühlte sich manchmal einsam. Da kam Nayyirah herüber und sie saßen Stunde um Stunde in diesem Zimmer zusammen, als ob nichts geschehen war, als ob sie noch zwölf war und er noch kein alter Mann.

»*Voyage en Arabie, par C. Niebuhr, tome second*«, las sie melodisch vor. Über die Jahre, da doch immer wieder französische Bücher ins Haus kamen, hatten sie viele Ausspracheregeln für diese Sprache erfunden.

»Gib her«, sagte Musa. »Es ist dennoch das dümmste.«

Er blätterte von vorne bis zu der Stelle, an der die illustrierten Tafeln begannen. Nayyirah studierte das Bild, das er ihr hinhielt, die Zeichnung eines indischen Popanz, der mit vielen Armen sehr zornig um sich schlug.

»Das spielt aber nicht *en Arabie*«, beschwerte sie sich. Dann sagte sie »Pfui!« und »Papa!«, weil der Popanz ganz nackt war und man alles an ihm sah. Sie strich mit den Fingern über die Seite. Nayyirah strich gerne über bedrucktes Papier. Manchmal waren Lettern und Linien ein wenig rau, weil wohl der Druckstock zu schwer gewesen war, und es fühlte sich merkwürdig an. »Das ist eher lustig als dumm«, sprach sie ihr Urteil.

»Viele dumme Dinge sind lustig, mein Kind.«

»Ich widerspreche Euch ungern, Papa, doch nichts Lustiges ist gänzlich dumm. Habt Ihr das alles gelesen? Sind Franzosen wirklich so höflich?«

»Der Tropf ist ein Deutscher«, sagte Musa lächelnd, »es ist übersetzt, hoffentlich falsch, und nein, ich bin noch dabei.«

»Das Wurmbuch ist dümmer«, beharrte Nayyirah. Sie reckte und räkelte sich ein wenig. Ihr Rücken tat weh. »Lest nur, Papa.« Sie rückte ein wenig ab und ordnete Töpfchen und Tütchen auf dem bunten Tablett, um ihre Hände zu bemalen.

Auch dies ging so seit Jahrzehnten. Vater las und Nayyirah saß bei ihm und malte. Es schickte sich nicht, auf vielerlei Weise. Frau Gohar hatte immer geschimpft. Doch Frau Gohar lebte nicht mehr. Auch Mutter lebte nicht mehr. Nayyirah hoffte, dass Gott in seiner Weisheit ihr den Vater noch lange ließe. Mit einem Seufzen, weil nun auch noch die Beine schmerzten, rührte sie ihr Henna an und blickte zu Musa hinüber, der wirklich zu lesen begonnen hatte. Er studierte das Buch sehr aufmerksam, als erwarte er schöne Passagen darin oder ganz außergewöhnliche Dummheit. Wie rund und faul er geworden war. Nayyirah löste ihre Manschetten und füllte ein Tütchen mit Farbe. Sie hatte sich nie damit abfinden können, dass Haddschi Musa die Sterne nicht mehr beobachtete und die Tagestabellen nicht mehr schrieb. Nicht einmal die Werkstatt betrat er. Er ließ Qasim Astrolabien schmieden, die nicht die besten von Hindustan waren, und redete ihm nicht einmal drein. Er saß, las, aß, erzählte und machte einen zufriedenen Eindruck. Der ganze Himmel, so schien es Nayyirah zuweilen, geriet durch Vaters Faulheit allmählich aus den Fugen.

Sie begann ihren linken kleinen Finger zu bemalen.

Musa schauderte. Es gelang jedes einzelne Mal. Selbst wenn er nicht hinsah, selbst wenn er die Nase tief in sein Buch steckte, schauderte Vater, sobald sie zu malen begann. *Das scheußliche Tütchen! Es kitzelt und kribbelt wie Läuse! Wie haltet ihr Weiber das aus?* Nayyirah zog zarte geschwungene Linien vom Ansatz des Nagels bis fast bis zum Handgelenk und setzte kleine Punkte darum, im indischen Stil. Das Tageslicht hatte sich etwas verdüstert. Im Haus schrien Diener herum. Vater hatte die lautesten Diener von Jaipur.

»Gibt es schon wieder Sturm?«, fragte Nayyirah.

»Nein, nein.« Musa warf einen schnellen Blick auf ihre Hand. »Sie schreien den Sand von gestern an. Der liegt noch überall auf den Fliesen.«

»Ach, der Sturm«, seufzte Nayyirah.

Sie färbte die Spitze des kleinen Fingers mit der dünneren Paste.

»Ja, der Sturm«, sagte Musa.

Da kam plötzlich Besuch. Sie kamen alle auf einmal. Zuerst Qasim, dann zwei weitere Söhne, um den Vater zu sehen, dann Nayyirahs ältere Schwester, die Nayyirah gesucht und in ihrem Haus nicht gefunden hatte, und dann trabte auch noch Malik herbei.

Nayyirah verbiss sich ein Lachen. Wie er dort trabte, so eifrig. Malik hatte eine schöne Karriere gemacht und mit der Juwelierskunst viel Geld verdient. Nun baute er kleine Moscheen. Lieber hätte er eine große gebaut, doch das war nicht erlaubt. Überall in Jaipur baute Malik kleine Moscheen hin, in Hinterhäusern, in jemandes Garten und letzthin sogar auf einem Dach im Juweliersquartier. In jedem zweiten Satz, mit erhobener Stimme, zitierte er aus dem Buch. Einst hatte ihn Nayyirah sehr geliebt. Jetzt liebte sie ihn weniger. Er hatte zwei seiner Söhne dabei, die einander sehr ähnlich sahen und sehr ähnliche Namen hatte; Vater machte sich oft einen Spaß daraus, sie so lange stur zu verwechseln, bis sich alle um seine Geisteskraft sorgten.

Nayyirah hatte ihren Finger trockengeblasen. Die Toilette war wohl fürs Erste beendet. Sie ging zu Vater hinüber, damit er sie küsste, dann suchte sie mit ihrer Schwester das Weite.

Fünf Tage später setzten die Wehen ein und Nayyirah begann sich zu fürchten. Sie fürchtete sich bei jedem Kind, als sei es das erste Mal. Sobald die Schmerzen begannen, verlor sie die Zuversicht. Was hier verlangt war, erschien ihr gewaltsam, verkehrt, nicht gerecht und gegen jede Vernunft. Es war beschämend, sich derart zu fürchten. Schon viermal war es aufs Beste gelungen und es lag doch in Gottes Hand.

Sie schrie ihren Mann an, dass er das Haus verlassen solle, samt Kindern, Dienern und Mägden und wem auch immer, der sich noch darin befand, und zwar sofort und ohne zu reden. Dann schrie sie »ah!«, dann hauchte sie »Pest« und griff sich in den Rücken. Der Schweiß brach ihr aus. Sie hasste die Stunden, bis es denn endlich geschah.

»Schick mir Vater herüber«, schrie sie ihrem Mann hinterher, »er soll kommen und mit mir warten!«

Auch das war nichts Neues. Jeder wusste, dass Nayyirah, wenn sie ein Kind bekam, zunächst nach Haddschi Musa schrie, als kenne sie keinen Anstand. Und jedes Mal war er zur Stelle. Er stand schon in der Tür, den Stock in der Hand, als habe er die Geburt astronomisch berechnet, auf Tag und Stunde genau. Die Nachbarn gafften. Auch kamen welche herüber und wünschten Glück und Segen. Haddschi Musa und seine schöne Tochter waren gut für viele Geschichten.

»Sie schreit, bitte«, murmelte Nayyirahs Mann. Musa warf ihm einen Blick zu, der ihn endgültig vertrieb, dann ging er hinüber.

Er fand Nayyirah recht aufgeräumt. Sie saß in dem Zimmer, in dem sie stets ihre Kinder bekam, trank chinesischen Tee und ließ sich küssen.

»Ist es wieder so weit«, stellte Musa fest.

»Es geht gerade noch langsam. Danke, dass Ihr gekommen seid. Verzeiht, dass ich Euch in dem schlechten Zimmer empfange. Doch … ah!«, machte Nayyirah.

»Ah!«, machte Musa.

Nayyirah holte tief Luft.

»Gut?«

»Hm.«

Musa setzte sich zu ihr.

»Erzählt Ihr mir eine Geschichte?«

»Was willst du hören, mein Kind?«

»Von Arabien.«

»Nicht schon wieder«, stöhnte Musa, »du kennst jeden Schritt, den ich in Arabien tat.«

»Wisst Ihr noch, meine Liste? Die Aufträge, die ich euch schrieb, die Geschenke, die ich bestellte? Kein einziges habe ich jemals bekommen.«

Musa lächelte. Wie oft hatten sie dieses Gespräch schon geführt.

»Du verlangtest nach geflügelten Pferden.«

»Ich war zwölf!«

»Dreizehn«, verbesserte Musa.

»Ich verlangte nach Zaumzeug. Nach Zaumzeug mit Glocken, wie auf den Bildern.«

»Du warst dreizehn und wolltest geflügelte Pferde, drei Stück. Das war auf der Liste dick unterstrichen.«

»Zaumzeug«, sagte Nayyirah. »Ah!«

»Geflügelte Pferde!«

Nayyirah stand auf. Sie musste nun wandern. Musa nahm seinen Stock und Nayyirahs Arm und sie wanderten zusammen. Sie wanderten ins große Zimmer und auf die Terrasse und in alle anderen Zimmer und in die Küche und wieder zurück.

»Habt Ihr das französische Buch fertiggelesen?«, fragte Nayyirah.

Musa nickte. Er blickte sie von der Seite an, ihr hübsches Profil, die Schweißperlen auf ihrer Wange. Sie hielt sich kurz an der Wand fest, dann wanderte sie störrisch weiter.

»Ich habe dir etwas verschwiegen«, sagte Musa, »und du hast es nicht gemerkt.«

»Wovon sprecht Ihr, Papa? Ah!«

»Das dumme französische Buch. Ich traf einmal seinen Verfasser. Ich traf ihn in Manbai. Er trat mir auf den Lebensweg und setzte sich dort tagelang fest. Das war eine Geschichte!«

»Ihr lügt!«, rief Nayyirah lachend. »Erzählt! Wie ging das zu?«

»Es ist nichts als die Wahrheit!«

»Ich frage Malik!«

»Was weiß Malik davon? Er hing mir nicht dauernd am Ärmel, als ich in Manbai war!«

Sie standen schon wieder auf der Terrasse. Unten war die halbe Nachbarschaft zusammengelaufen und gaffte herauf. Musa schnaubte. Sie wanderten wieder zurück.

»Wie ging das zu?«, wiederholte Nayyirah.

»Möchtest du sitzen? Zu Bett?«

»Nein! Ja! Ah!«

Sie wanderten schnell zurück in das Zimmer, in dem Nayyirah ihre Kinder bekam. Haddschi Musa half ihr und sie setzte sich mühsam hin.

»Erzählt, erzählt«, murmelte Nayyirah.

»Gut?«

»Hmm …«

Und Haddschi Musa begann zu erzählen:

»Als ich in Manbai war, auf dem Weg in die heiligen Städte, fuhr ich nach Panvel hinüber, einem elenden Flecken an einem elenden Fluss, um einem Kaufmann, der dort sein Haus und seine Lager hatte, ein Astrolabium zu verkaufen. Der Mann war ein Tölpel und es reut mich bis heute, denn es war ein sehr schönes Instrument. Auf der Rückfahrt, in einem seltsamen Boot, landete ich auf einer kleinen Insel. Sie heißt Gharapuri, liegt zwischen Panvel und Manbai im Meer und ist ein grausiger Ort voller Dschinnen.

Ich war froh, dass Malik nicht bei mir war, er wäre vor Angst gestorben. Vom Strand her ging ich …«

»Was wolltest du auf der Insel?«, fragte Nayyirah.

»Ich landete dort, weil sie auf meinem Weg lag.«

»Ah! Warum?« fragte Nayyirah.

»Ich wollte …« Haddschi Musa überlegte. »Ich wollte dort etwas berechnen«, bot er zögerlich an. Es war schwer, eine Geschichte gut zu erzählen, in dieser besonderen Lage. »Unter den Brahmanen von Manbai ging das Gerücht«, fuhr er fort, »dass sich ein Geheimnis auf Gharapuri befände, ein astronomisches Wunder, ein geographisches Rätsel, eine Anomalie der Erdgestalt. Hieraus, und wenn man es denn gut erforschte, sei eine Formel abzuleiten, mit der man berechnen könne, wann alljährlich die Zeit des Regens begönne, und zwar für ganz Hindustan. Um diese Determinante des Wetters zu finden, kam ich nach Gharapuri.«

»Was für ein Unfug«, keuchte Nayyirah.

Musa lächelte. Nichts war Nayyirah recht.

»Ich landete notgedrungen, weil Piraten mich jagten, seit ich von Pavel abfuhr!«

»Piraten? Ah! Papa!«

»Es ging kein Wind«, versuchte es Musa zum dritten Mal, »das Schiff dümpelte, der Schiffer schlief ein, ich wurde seekrank, mir war langweilig, ich wollte an Land.« Er wartete. Nayyirah widersprach nicht. Sie ballte die Fäuste.

»Ich fand einen Weg«, fuhr er etwas mühsam fort, »der vom Strand her ins Gestrüpp ging. Dem folgte ich bergan. Es war sehr still, grausig still. Das Gestrüpp schien um mich her zu stöhnen. Etwas Kleines, Klebriges, eine Pflanze, ein Tier, ich wusste es nicht, heftete sich an meine Hand. Es hatte geregnet, in der falschen Saison; alles war nass und weich. Da schimmerte etwas gelbbraun durchs Geäst. Mir stockte der Atem. Dort war …«

»Verlasst mich jetzt bitte, Papa«, unterbrach ihn Nayyirah. »Schickt mir die Frauen herein.«

Haddschi Musa atmete aus. Das Herz schlug ihm bis zum Hals. Es ging schnell, plötzlich ging es sehr schnell, und man glaubte zu sterben, jedes einzelne Mal.

Er stand auf und schrie um Hilfe. Die Frauen warteten schon. Er beugte sich zu seiner Tochter hinunter und küsste sie, ihre Stirn, ihre Wangen und Hände. Dann lief er davon und schrie und schrie.

Ich danke Carsten Niebuhr für *Beschreibung von Arabien* (1772) und *Reisebeschreibung nach Arabien und andern umliegenden Ländern* (1774/78), Barthold Niebuhr für *Carsten Niebuhrs Leben* (1817), Johann David Michaelis für seine gesammelten Werke, vor allem *Fragen an eine Gesellschaft Gelehrter Männer, die auf Befehl Ihro Majestät des Königes von Dännemark nach Arabien reisen* (1762), Jaisingh II. von Amber, Jagannatha Samrat und den Astronomen von Jaipur, deren Biographien in der Geschichte verweht sind, sowie Felix Klein für die Erklärung des Astrolabiums auf S. 8f.

CW

Adania Shibli
Eine Nebensache
Roman
Aus dem Arabischen
von Günther Orth

Im Sommer 1949 wird ein palästinensisches Beduinenmädchen von israelischen Soldaten missbraucht und ermordet. Jahrzehnte später versucht eine junge Frau aus Ramallah, mehr über diesen Vorfall herauszufinden. Sie ist fasziniert, ja besessen davon, vor allem, weil er sich auf den Tag genau fünfundzwanzig Jahre vor ihrer Geburt zugetragen hat. Ein Detail am Rande, das jedoch ihr eigenes Leben mit dem des Mädchens verknüpft. Adania Shibli verwebt die Geschichten beider Frauen zu einer eindringlichen Meditation über Krieg, Gewalt und die Frage nach Gerechtigkeit im Erzählen.

»Ein außergewöhnliches Kunstwerk, das immer wieder überrascht und fesselt: eine äußerst rare Mischung aus moralischer Intelligenz, politischer Leidenschaft und formaler Virtuosität.«
Pankaj Mishra

120 Seiten
ISBN 978-3-949203-21-3

Benjamin Quaderer

Für immer die Alpen

Roman

592 Seiten, btb 77145

Von einem winzigen Land und seinem größten Geheimnis

Benjamin Quaderer hat einen tollkühnen Roman geschrieben über die Macht des Geldes und die Macht des Erzählens: Das Porträt eines Hochstaplers aus Liechtenstein, in dem sich die Gesellschaft spiegelt, die er betrügt.

»So fulminant, so spannend, so lustig.«
spiegel.de

»Lesen Sie. Lesen Sie dieses Buch. Es hat Risiken und Nebenwirkungen, bei Büchern ist das was Gutes.«
SWR 2

»Quaderer ist eine Entdeckung.«
Süddeutsche Zeitung

Nava Ebrahimi

Sechzehn Wörter

Roman

320 Seiten, btb 71754

Ingeborg-Bachmann-Preisträgerin 2021

Als ihre Großmutter stirbt, diese eigenwillige Frau, die stets einen unpassenden Witz auf den Lippen hatte, beschließt Mona, ein letztes Mal in den Iran zu fliegen. Gemeinsam mit ihrer Mutter wagt sie die Reise in die trügerische Heimat. Die Fahrt wird für Mona zu einer Konfrontation mit ihrer eigenen Identität und ihrer Herkunft, über die so vieles im Ungewissen ist.

»Grandioser Debütroman.«

taz

»In Zeiten aufgeregter Kulturkampf-Rhetorik ist diese neue Erzählstimme eine Wohltat.«

DLF Büchermarkt

btb